KÖNIGS ERLÄUTERUNGEN SPEZIAL

Textanalyse und Interpretation zu

LYRIK DES EXPRESSIONISMUS

Gudrun Blecken

Alle erforderlichen Infos für Abitur, Matura, Klausur und Referat

Bange Verlag

Für Philipp

Hinweis:
Die Rechtschreibung wurde der amtlichen Neuregelung angepasst.

1. Auflage 2012
ISBN: 978-3-8044-3033-4
PDF: 978-3-8044-5033-2, EPUB: 978-3-8044-6033-1

Titelbild: August Macke, Promenade © akg-images
Druck und Weiterverarbeitung: Tiskárna Akcent, Vimperk

VORWORT

Der vorliegende Band *Lyrik des Expressionismus* aus der Reihe *Königs Lyrikinterpretationen* will mit übersichtlichen und auf das Wesentliche konzentrierten Hinweisen in die literarische Epoche einführen und Wege für eine tiefer gehende Beschäftigung eröffnen.

Der erste Teil des Buches präsentiert allgemeine Informationen zur Epoche wie die Begriffsklärung, die Erhellung des zeitgeschichtlichen und geistesgeschichtlichen Hintergrunds und die Vorstellung der charakteristischen Themen und der die Epoche prägenden Autorinnen und Autoren. Er schließt mit einem „Epochenblatt“ ab, das im Kern alle Basisinformationen enthält und sofort beispielsweise als Kopiervorlage für den Unterricht eingesetzt werden kann.

Der zweite und umfangreichere Teil des Buches beschreibt die prominenten Dichterinnen und Dichter der Epoche anhand exemplarischer lyrischer Texte. Die erarbeiteten Deutungen der Texte orientieren sich an textimmanenten und biografisch-historischen Interpretationsansätzen. Dabei sind die Deutungen der Gedichte grundsätzlich als Vorschläge und keinesfalls als feststehende Bedeutungszuschreibungen aufzufassen, was dem grundsätzlich mehrdeutigen Charakter literarischer Texte zuwiderlaufen würde. Ein Glossar rundet das Angebot ab.

Das Buch eignet sich für Schülerinnen und Schüler, die sich intensiv auf die jeweilige Epoche oder ganz allgemein das Unterrichtsthema „Gedichtinterpretation“ vorbereiten wollen. Für Lehrerinnen und Lehrer soll es Unterrichtsanregungen bieten, gleichzeitig stellt die Auswahl von Gedichten, die weniger bekannt sind und damit auch weniger in der einschlägigen Schülerlernhilfenliteratur auftauchen, auch einen möglichen Vorrat „geheimer Texte“ für Klassenarbeiten dar.

1. DER EXPRESSIONISMUS

Begriffsklärung/Zeitspanne

„Ausdruckskunst" statt „Eindruckskunst"

Der Begriff geht auf das lat. **„expressio"** („Ausdruck") zurück und bezeichnet eine Bewegung in der Literatur, bildenden Kunst und Musik zwischen 1910 und 1925, die sich in Abgrenzung vom Impressionismus („Eindruckskunst") als eine **„Ausdruckskunst"** verstand. Ihre prägenden Merkmale waren nicht mehr wie noch im Naturalismus die genaue Abbildung der Realität oder wie im Impressionismus die Wiedergabe des (subjektiven) Eindrucks äußerer Erscheinungen, sondern die zum Teil **ekstatische Darstellung von Gedanken und Gefühlen**. Expressionismus ist kein einheitlicher Stilbegriff, sondern umfasst eine Fülle ganz unterschiedlicher Themen, Formen und stilistischer Tendenzen. Die Bewegung war nicht allein auf Deutschland beschränkt, sondern fand auch in anderen Ländern wie z. B. Frankreich statt.

Der Begriff tauchte erstmals 1911 im Zusammenhang mit einer Ausstellung **bildender Kunst** auf: Die Bilder der jungen Franzosen Georges Braque (1882–1963), André Derain (1880–1954), Raoul Dufy (1877–1953) und Maurice de Vlaminck (1876–1958) sollten mit dieser Wortschöpfung von der bis dahin dominierenden impressionistischen Kunst abgegrenzt werden. In Deutschland wurden kurz darauf die Werke der Malervereinigungen *Die Brücke* (Fritz Bleyl, 1880–1966, Ernst Ludwig Kirchner, 1880–1938, Erich Heckel, 1883–1970, Karl Schmidt-Rottluff, 1884–1976, Emil Nolde, 1867–1956) oder *Der Blaue Reiter* (Wassily Kandinsky, 1866–1944, Oskar Kokoschka, 1886–1980, Max Beckmann 1884–1950) unter dem Begriff „Expressionismus" eingeordnet. Auch die **Musik** kennt eine expressionistische Phase und zählt die Werke von Arnold Schönberg (1874–1951), Anton Webern (1883–1945), Alban

Berg (1885–1935), Béla Bartók (1881–1945), Igor Strawinsky (1882–1971), Paul Hindemith (1895–1963) und Kurt Weill (1900–1950) dazu.

Im Juli 1911 übertrug der Publizist **Kurt Hiller** (1885–1972) die Bezeichnung auf eine Gruppe von Literaten, die ihre Texte in dem 1909 in Berlin gegründeten *Neuen Club* bzw. in dem aus ihm hervorgegangenen ***Neopathetischen Cabaret*** vorlasen. Zu diesen Dichtern zählte Hiller Autoren wie Georg Heym (1887–1912) und Jakob van Hoddis (1887–1942). Schon die Bezeichnung des Clubs mit dem Epitheton „neu" war ein Hinweis auf das veränderte Selbstverständnis der Autoren, das **Adjektiv „pathetisch"** kehrte hervor, dass es bei den Darbietungen vor allem um den subjektiven, gefühlsbetonten Ausdruck ging.

Zumindest im literarischen Bereich ist der Expressionismus als eine **Subkultur** zu begreifen, die mit den seinerzeit herrschenden ästhetischen Strömungen wie Symbolismus und Impressionismus um Erfolg und Aufmerksamkeit bei Publikum und Literaturkritik konkurrierte, sich aber dennoch teilweise an diesen Vorgängerströmungen orientierte:[1] So stellen die expressionistischen Texte wie schon der Naturalismus bevorzugt proletarisches Elend und Krankheit dar und zeigen als Hintergrund realistisch-ungeschminkte Lebensverhältnisse. In der Betonung der poetischen Form und der Zweckfreiheit der Dichtung stimmt der Expressionismus mit dem ästhetizistischen Symbolismus überein. Und wie der Impressionismus schenkt er dem *Moment*, dem Augenblick seine ganze sinnlich-subjektive Aufmerksamkeit. Zugleich werden auch zentrale Kritikpunkte an den konkurrierenden Richtungen geäußert, die der Abgrenzung dienen: Der Naturalismus dringe nicht zum eigentlichen Wesen der Dinge vor, der Ästhetizismus

Proletarisches Elend und Krankheit

1 Vgl. Kanz, S. 367.

Begriffsklärung/Zeitspanne

sei nicht an der Realität interessiert, und der Impressionismus biete nur bruchstückhafte Ausschnitte der Wirklichkeit, heißt es in vielen expressionistischen Manifesten und Essays. **Dagegen will die expressionistische Literatur ein großes, umspannendes Weltgefühl, eine dauerhafte, nicht nur momenthafte Erregung ausdrücken. Der Künstler will aus sich selbst heraus eine neue Welt entwerfen, die sich formal (neue Sprache) wie inhaltlich (anti-bürgerlich, pazifistisch) gegen die Welt der Väter und des Bürgertums richtet**.

Verkünder einer neuen Welt

Der Expressionismus war zwar eine explizit **antibürgerliche Bewegung**, dennoch stammten viele Dichter, die sich dieser Strömung zugehörig fühlten, aus geordneten bürgerlichen Verhältnissen und übten angesehene akademische Berufe aus: Georg Heym, Kurt Hiller und Max Brod (1884–1968) waren Juristen, Alfred Döblin (1878–1957), Gottfried Benn (1886–1956) und Richard Huelsenbeck (1892–1974) waren Mediziner, Georg Trakl (1887–1914) war Apotheker. Sie verstanden sich als Vertreter einer Übergangszeit, als Verkünder einer neuen Welt, eines neuen Menschen. Es war eine **neue, junge Generation**, die sich mit dem Expressionismus zu Wort meldete, und viele von ihnen starben auch jung: Georg Heym ertrank 1912 beim Eislaufen, andere wie Alfred Lichtenstein (1889–1914), Ernst Wilhelm Lotz (1890–1914), Ernst Stadler (1883–1914) oder August Stramm (1874–1915) wurden während des Ersten Weltkriegs getötet, Georg Trakl starb in einem Militärhospital an einer Überdosis Kokain.

Einteilungsversuche

Die literarische Epoche des Expressionismus dauerte nicht über die Mitte der 1920er Jahre hinaus. Es gibt Versuche, die Strömung einzuteilen in eine Literatur vor, während und nach dem Krieg; die Zeitspanne von 1918 bis ca. 1925 sei demnach vor allem durch Anthologien und expressionistische Theaterstücke (etwa von Walter Hasenclever, 1890–1940, Ernst Toller 1893–1939, Georg

Begriffsklärung/Zeitspanne

Kaiser, 1878–1945, oder Arnolt Bronnen, 1895–1959) geprägt.[2] Gruppiert man die literarischen Werke nach inhaltlich-intentionalen Kriterien, so lassen sich drei Richtungen des Expressionismus unterscheiden: Neben einer **messianischen Richtung**, die eine Erneuerung aus dem auch christlich verstandenen Gefühl der Nächstenliebe heraus betrieb, findet sich eine explizit **revolutionäre Strömung** mit der Perspektive einer sozialistischen Ordnung sowie eine **diagnostizierende Richtung**, die präzise den geistig-mentalen Zustand der wilhelminischen Gesellschaft analysierte.

Kurzlebig

Die Epoche der expressionistischen Literatur war also kurzlebig; bereits nach 1918 begann die resümierende Sammlung der wichtigsten Werke in Anthologien. Ein „biologischer" Grund für das Ende des Expressionismus war das allmähliche Erlahmen des jugendlich-revolutionären Elans bei den älter gewordenen Dichtern. Auch ließ sich der politisch motivierte Widerstand gegen verkrustete gesellschaftliche Strukturen nach dem Ende des Wilhelminischen Kaiserreichs und der Begründung neuer demokratischer Strukturen (Weimarer Republik) nicht mehr in seiner bisherigen Form aufrechterhalten. Der Zeitgeist wandelte sich, statt ekstatischer, gefühlsschwangerer „Ausdruckskunst" wandten sich viele Autoren ebenso wie Publikum und Kritik nach 1925 einer neuen Strömung zu, der „neuen Sachlichkeit", Nüchternheit statt Gefühlsüberschwang lautete jetzt die Devise.

Zeit des Nationalsozialismus

In der Zeit des Nationalsozialismus wurde die expressionistische Kunst als **„entartete Kunst"** betrachtet. Viele Künstler wurden deportiert oder mussten fliehen: Jakob van Hoddis wurde 1942 ermordet, Walter Hasenclever, Albert Ehrenstein (1886–1950), Else Lasker-Schüler (1869–1945), Franz Werfel (1890–1945) und Alfred Wolfenstein (1883–1945) starben im Exil.

---

2 Vgl. Giese, S. 12.

Zeitgeschichtlicher Hintergrund

Nach der Reichsgründung im Jahre 1871 vollzog das Deutsche Reich zunächst den **Industrialisierungsprozess** nach, der in anderen europäischen Staaten wie England bereits in vollem Gange war. Bis 1914 entwickelte sich Deutschland zu einer der führenden Industrienationen der Welt. Der wirtschaftliche Aufschwung ging mit einem breiten Wohlstand einher, die Arbeitslosenquote war niedrig.

Die wilhelminische Gesellschaft: autoritär, militaristisch, nationalistisch

Die Gesellschaftsstruktur des **Wilhelminischen Kaiserreiches** war als **Obrigkeitssystem** angelegt. Zur Machtelite zählten neben den adeligen Großgrundbesitzern und dem Offizierkorps auch die höhere Beamtenschaft. Eine nationalistisch orientierte Außenpolitik verband sich mit einer imperialistischen Wirtschaftspolitik, die eine massive militärische Aufrüstung mit sich brachte. Die Zivilgesellschaft wurde von einem Militarismus dominiert, der das gesellschaftliche Ansehen des Einzelnen vom Militärdienst bzw. militärischen Rang abhängig machte. Neben der Verhinderung demokratischer Reformen bestimmte vor allem der absolutistische Lebens- und Regierungsstil Wilhelms II. die Geisteshaltung und das zivile Leben (satirisch gebrochen in Heinrich Manns Roman *Der Untertan*).

Die Begeisterung, mit der der Großteil der Bevölkerung Anfang 1914 den Ersten Weltkrieg begrüßte, ist aus dieser Militarisierung der Zivilgesellschaft und einem durch ökonomische Interessen geprägten **Nationalismus** zu erklären: Nach dem Scheitern aller politischen Bemühungen um Frieden und Rüstungsbegrenzung (z. B. auf der Haager Friedenskonferenz 1907) glaubte man auch in der Bevölkerung, dass die politischen Probleme nur noch mit Gewalt gelöst werden konnten. Deutschland hatte wie andere europäische Großmächte eine expansive Kolonialpolitik betrieben und dafür den Ausbau der Kriegsmarine (deutsch-britische Rivalität im Flottenbau) vorangetrieben. Insbesondere das Bündnis zwischen

Frankreich und Russland im Jahr 1894 förderte im Deutschen Reich das Gefühl, eingekreist zu werden, zugleich sah man den ökonomischen Erfolg des Landes durch die europäischen Nachbarn gefährdet. Als einziger Verbündeter stand der innenpolitisch höchst instabile Vielvölkerstaat Österreich-Ungarn an der Seite des Deutschen Reiches. Die 1890 erfolgte Kündigung des Rückversicherungsvertrages mit Russland (einem erst 1887 vom Reichskanzler Otto von Bismarck initiierten geheimen Neutralitätsabkommen mit dem Zarenreich) durch Wilhelm II. machte unfreiwillig den Weg frei für ein Bündnis zwischen Frankreich und Russland. Die Entente cordiale, das 1904 geschlossene Abkommen zwischen England und Frankreich, machte die **politische Isolation des Deutschen Reiches** komplett.

Einziger Verbündeter Österreich-Ungarn

Die Gründe, die zum **Ersten Weltkrieg** führten, waren neben der instabilen politischen Lage auf dem Balkan (Balkankriege 1912 und 1913) vor allem die machtpolitischen Gegensätze, die sich unter anderem im Rüstungswettlauf der Großmächte zeigten, daneben aber auch das gegenseitige Misstrauen und letztlich die Überzeugung, dass ein begrenzter europäischer Krieg die verworrene politische Lage würde lösen können. Nach anfänglichen militärischen Erfolgen Deutschlands wurde zumindest an der Westfront nach 1915 nur noch ein unzählige Menschenleben kostender Stellungskrieg geführt. Ende 1916 herrschte eine militärische Pattsituation, gleichzeitig machte sich unter der Zivilbevölkerung zunehmend Kriegsmüdigkeit breit. Als der Krieg 1918 mit der Niederlage des Deutschen Reiches und dem Zerfall der Donaumonarchie Österreich-Ungarn endete, hatte er **mehr als acht Millionen Tote** gefordert; allein die Mittelmächte zählten rund drei Millionen Kriegsopfer. Mit dem Ende des Krieges kam es in Russland zur Oktoberrevolution und in Deutschland zur Gründung von Arbeiter- und Soldatenräten, der Kaiser musste abdanken. Der **Frieden von**

Gründe, die zum Ersten Weltkrieg führten

Zeitgeschichtlicher Hintergrund

Versailles 1919 verpflichtete Deutschland und seine Verbündeten zu hohen Reparationszahlungen. Dies führte zu großen wirtschaftlichen und politischen Belastungen in der Weimarer Republik: die Wirtschaft war durch die Reparationsverpflichtungen lange Zeit gelähmt, und die Demokratie, der große Teile der Bevölkerung die Mitschuld an dem Versailler Vertrag gaben, wurde von vielen Deutschen abgelehnt. Eine Revision der als ungerecht empfundenen Friedensverträge war seit 1921 kontinuierlich Gegenstand von internationalen Konferenzen. Erst die Konferenz von Locarno 1932 führte zu einer Lösung der Reparationsfrage.

Weimarer Republik

Der Expressionismus entwickelte sich somit im Kontext eines anfänglich sehr stabilen Gesellschaftssystems, das sowohl politisch als auch wirtschaftlich erfolgreich war. Für die expressionistischen Dichter wurden jedoch wesentliche Aspekte des menschlichen Lebens, die die **individuelle „Seele"** (ein Schlagwort der Zeit) betrafen, in der wilhelminischen Gesellschaft nicht berücksichtigt. Gleichzeitig konnte die expressionistische Literatur vor dem Kriegsausbruch die Diagnose einer gesellschaftlichen Stimmung liefern, in der der **Wunsch nach radikaler Veränderung** trotz oder gerade wegen des wirtschaftlichen Wohlstandes sichtbar wurde.

Wunsch nach radikaler Veränderung

Politisch und wirtschaftlich gewannen in der Zeit nach 1871 die Städte immer stärkere Bedeutung: Berlin war die am schnellsten wachsende Großstadt Europas, die 1880 noch eine Million Einwohner, 1920 bereits vier Millionen Einwohner hatte. Die Expressionisten bevorzugten Großstädte als Lebenszentren, und in Berlin, Leipzig, München und Wien entstanden bedeutende Künstlervereinigungen. Die den Expressionismus bestimmende **Großstadtthematik** (vgl. *Berlin I* und *Berlin II*, *Die Dämonen der Städte* und *Der Gott der Stadt* von Georg Heym, alle 1910 entstanden) ist ein literarischer Reflex der Tatsache, dass immer mehr Menschen in den Ballungszentren lebten und arbeiteten.

Berlin, Leipzig, München und Wien

Geistesgeschichtlicher Hintergrund und Literaturtheorie

Es gab nicht die *eine* Theorie des Expressionismus. Die Bewegung lässt sich ganz allgemein als eine ästhetische Reaktion von Intellektuellen auf ein sich um 1900 **radikal wandelndes Wirklichkeitsverständnis** begreifen. Maßgebend waren zum einen der Eindruck des Transzendenzverlustes (Friedrich Nietzsche: „Gott ist tot") und die Umwälzungen des traditionellen Wirklichkeitsbegriffs durch die **modernen Naturwissenschaften** (man denke an die Atomtheorie Niels Bohrs, die Relativitätstheorie Albert Einsteins oder die Quantenphysik Max Plancks), zum anderen die massiven Veränderungen in der gesellschaftlichen Realität (Großstadt, Industrialisierung, moderner Krieg mit Millionen von Toten durch Giftgas, Panzer). Der österreichische Autor Paul Hatvani formulierte in seinem *Versuch über den Expressionismus* (1917) ein klares Ziel der Bewegung: „Der Expressionismus macht die Welt bewusst"[3]. Im Zuge dieser Bewusstmachung verwarfen die meisten Expressionisten metaphysische oder religiöse Sinngebungsangebote und betrachteten die Realität als Produkt des individuellen Bewusstseins. Die durch das Kriegsleid aufgeworfene Theodizee-Frage blieb deshalb konsequenterweise ohne Antwort. Programmatisch für die Annahme der Abwesenheit Gottes steht zum Beispiel das folgende Gedicht:

Eindruck des Transzendenzverlustes

Veränderungen in der gesellschaftlichen Realität

„Der Expressionismus macht die Welt bewusst."

3 Hatvani, S. 72. Im Original kursiv.

Albert Ehrenstein:
***Gottes Tod* (1917)**

Schnee begräbt das Immergrün,
Heiße Eisenwolken ziehn
Über alle Jugend hin.

In schalem Schall seid ihr ertaubt,
Siegglocken schlagen euch aufs Haupt,
Metall hat euch den Gott geraubt.

Zeit der eisernen Ameisen,
Die auf ewig blutenden Gleisen
Nichtig, vernichtend nichtswärts reisen.

Trost gebärt ein Mädchenschoß.
Doch so wirst du Gott nicht los,
Ihn mordet der Kanonenkloß.

Gott schrie „Hilfe!", eine kleine Weile.
Nun liegt er längst gefangen, wundverstümmelt, totengroß,
Erschlagen, unbestattet, nackt und bloß
Allnächtig im Kriegsberichte: schwarze Zeile.

Interesse an der desillusionierenden Darstellung der Realität

Mit ihrem Interesse an der desillusionierenden Darstellung der Realität schloss sich die Dichtung dem Naturalismus an. In der von ihm herausgegebenen maßgeblichen Sammlung expressionistischer Lyrik, *Menschheitsdämmerung. Symphonie jüngster Dichtung* (1920, 5. Aufl. bereits 1922), schrieb Kurt Pinthus (1886–1875) rückblickend über das **Wirklichkeitsverständnis der neuen Dichtergeneration**:

> „Aber man fühlte immer deutlicher die Unmöglichkeit einer Menschheit, die sich ganz und gar abhängig gemacht hatte von ihrer eigenen Schöpfung, von ihrer Wissenschaft, von Technik, Statistik, Handel und Industrie, von einer erstarrten Gemeinschaftsordnung, bourgeoisen und konventionellen Bräuchen. Diese Erkenntnis bedeutet zugleich den Beginn des Kampfes gegen die Zeit und gegen ihre Realität. Man begann, die Um-Wirklichkeit zur Un-Wirklichkeit aufzulösen, durch die Erscheinungen zum Wesen vorzudringen, im Ansturm des Geistes den Feind zu umarmen und zu vernichten, und versuchte zunächst, mit ironischer Überlegenheit sich der Umwelt zu erwehren, ihre Erscheinungen grotesk durcheinander zu würfeln.“ [4]

Als Kunstströmung war der Expressionismus eine vielschichtige und spannungsreiche Erscheinung: In seiner Frühphase setzte er auf **bewussten Traditionsbruch** und klärende Zerstörung der überkommenen gesellschaftlichen Verhältnisse durch **Revolution**. Die Texte drücken den starken Wunsch nach Veränderung aus, die auch mit gewaltsamen Mitteln erreicht werden soll. Das folgende Gedicht von Franz Werfel, noch vor dem Kriegsbeginn entstanden, liest sich als eindeutiges **Bekenntnis zu Krieg und Gewalt**:

Texte drücken starken Wunsch nach Veränderung aus

---

4 Pinthus, S. 26.

Franz Werfel:
***Revolutions-Aufruf* (1914)**

Komm, Sintflut der Seele, Schmerz, endloser Strahl!
Zertrümmre die Pfähle, den Damm und das Tal!
Brich aus Eisenkehle! Dröhne du Stimme von Stahl!

Blödes Verschweinen! Behaglicher Sinn,
Geh mir mit deinem toten Ich bin!
Ach, nur das Weinen reißt uns zum Reinen hin.

Lass nur die Mächte treten den Nacken dir,
Stemmt auch das Schlechte zahllose Zacken dir,
Sieh das Gerechte feurig fährt aus den Schlacken dir.

Wachsend erkenne das Vermaledeit!
Brüllend verbrenne im Wasser und Feuer-Leid
Renne renne renne gegen die alte, die elende Zeit!

Tendenz, überlieferte ästhetische Konzepte zu durchbrechen

Die Tendenz, überlieferte ästhetische Konzepte zu durchbrechen und sogar zu zerstören, wurde später fortgesetzt und auf die Spitze getrieben im Dadaismus, der durch die gezielte Negierung von Sinn den bürgerlichen Kunstbetrieb zu schockieren suchte.

In der zweiten Phase des Expressionismus wurde die **Hoffnung auf einen neuen Menschentypus** artikuliert. In diesem Bestreben wurde der Philosoph Friedrich Nietzsche (1844–1900) die überragende Bezugsfigur. **Nietzsche** galt als Vernichter der traditionellen religiösen und moralischen Werte der bürgerlichen Gesellschaft („Vernichter der Vätermoral“) und als ein Dichter ekstatischer Gedanken-Lyrik (*Also sprach Zarathustra*, 1883–1885).

Die Expressionisten sahen in ihm den Verkünder eines neuen, auf sich selbst gestellten Menschen, der sich kraft seines schöpferischen Lebenswillens seine eigene Welt und Weltordnung schafft.

Darüber hinaus integrierte der Expressionismus Impulse der **Lebensphilosophie** Henri Bergsons (1859–1941) und Wilhelm Diltheys (1833–1911): Diese Strömung der Philosophie, die als Vitalismus bezeichnet wird, entstand im 19. Jahrhundert als Gegenentwurf zur einseitigen Betonung positivistischer, rational-logischer Erkenntniswege und betonte die emotional-kreativen Aspekte innerhalb eines ganzheitlichen Lebens. Die Lebenskult-Orientierung spiegelte sich im dionysischen Element bei Nietzsche wider, sie verband sich in den Werken Frank Wedekinds (1864–1918), Else Lasker-Schülers, Ernst Stadlers oder Georg Heyms mit Themen wie Sexualität und Erotik, zum Teil auch mit Krieg. Verbrecher, Wahnsinnige und Prostituierte – **gesellschaftliche Außenseiterexistenzen** also – wurden zu beliebten Figuren, an denen einerseits Zivilisationskritik und Tabubruch exemplifiziert wurden. Andererseits wurden an ihnen das Vitalitätskonzept und die Suche nach einem neuem Menschen demonstriert wie z. B. in Ludwig Rubiners (1881–1920) Sammlung *Der Mensch in der Mitte* (1917). Programmatisch liest sich dort der Aufruf: „Das Sein ist wichtiger als die Beschäftigung mit dem Sein“ [5]. *Jaurès' Auferstehung* (1917) von Walter Hasenclever beschließt seine humanistische Nachkriegsvision mit dem Appell: „Aufwärts, Freunde, Menschen!“ [6] Dieses messianische Verständnis des neuen Menschen findet im (später oft verspotteten) „O Mensch-Pathos“ eines Franz Werfels seinen vielfach wiederholten Ausdruck. Der Glaube richtet sich dabei auf die Selbsterneuerungskraft des Menschen; es geht

Vitalismus

Zivilisationskritik und Tabubruch

„O Mensch-Pathos“

---

5 Zitiert nach: Reso, S. 92.
6 Zitiert nach: Ebd., S. 90.

durchaus nicht um die Formulierung der religiösen Glaubenswahrheit von einer Wiederkehr Christi. Im folgenden Gedicht von Franz Werfel werden Vernichtung und Glaube an die humane Handlung mit religiöser Motivik und dem „O Mensch-Pathos“ verknüpft:

Franz Werfel
***Sterbender im Verbrecherlazarett* (1914)**

Hier lieg ich eingestürzt und fürchterlich,
Gerüst des Greuels, braun von Blut und Eiter.
Der Tod sieht mich nicht an und ekelt sich ...
Mit seinen Blumen schwebt er morgens weiter.
Hier lieg ich eingestürzt und fürchterlich.

Doch gönn ich keine Klage meinem Mund.
Die Schmerzen reiße ich in mich und büße.
Nichts was nicht brennt in mir und wäre wund,
Und jedes Weh wird Seligkeit und Süße.
Ich gönne keine Klage meinem Mund.

War alles Bosheit, was die Lippe sprach,
Gedanke: Geilheit, was ich fühlte: Hassen,
Schlich ich als krummes Tier durch alle Gassen,
So bad ich jetzt in tiefster letzter Schmach,
War es auch Bosheit, was die Lippe sprach.

Doch will ich jauchzen, weil ich stürze ein!
Das Haus mit seinem Dunkel fällt zusammen,
Der Himmel aber mit den Abendflammen
Hebt an in dem verwehrten Raum zu sein.
Ja, ich will jauchzen, weil ich stürze ein.

Und bin ich nichts als Fäulnis und Gestank,
Der Menschlichkeit die letzte ärmste Stufe,
Bin ich doch Echo nur von einem Rufe,
Und wie zerborsten vom Trompetendrang.
Bin ich auch nichts als Fäulnis und Gestank.

Im Fenster Baum, Brandmauer, Dächer kahl,
Und hier im Bett ein brenzelndes Verbrennen, –
Ich aber weiß: Verbrennen ist Erkennen!
Aus meinem Brand bäumt sich das Ideal
Dort über Mauer, Dächer, kalt und kahl.

Es schwebt das seelenvolle Pentagramm,
Das Wort, o Mensch, hebt an, sich zu bedeuten,
Die Seelen wachsen, es beginnt ein Läuten,
Ein Kind küsst eine Blüte wundersam.
Es steigt, es schwebt das reine Pentagramm.

Wie jetzt die Schwester mit der Lampe naht,
In weißer Güte schreitend mit der Haube.
Ich bin so außer mir, und nichts als Glaube,
Und fast der Schein auf ihrem Lampenpfad,
Wie jetzt die Schwester mit der Lampe naht.

Ich sag, o Mensch, weil sie das Bett mir streicht,
Und sich vor dem Verwesenden nicht ekelt,
Nein, Karten mit mir spielt und sonntags häkelt,
Und mancher Stunde meiner Mutter gleicht.
Ich sag, o Mensch, weil sie das Bett mir streicht.

Und ordnet ihre Hand mein Trümmertal,
Hat Gott in dieser Hand die Wahl getroffen.
Wer kann es sagen? – Doch der Sinn wird offen,
So offen, dass mein Geist im Jubelstrahl
Sich niederregnet auf das Trümmertal.

Grundspannung zwischen Verfall und Triumph

Die auch im „O Mensch-Pathos" artikulierte Grundspannung zwischen Verfall und Triumph wird in *Weltende* von Else Lasker-Schüler zum Ausdruck gebracht (vgl. im zweiten Teil S. 36). Rationalitäts- und **Zivilisationskritik** verbinden sich in der Darstellung der nicht-bürgerlichen Lebenswelt mit dem **Ausdruck der Ohnmacht und der Orientierungslosigkeit** insbesondere in der expressionistischen Großstadtlyrik wie etwa in Georg Heyms *Der Gott der Stadt*, *Die Dämonen der Städte* oder *Die Vorstadt*:

Georg Heym
***Die Vorstadt* (1910)**

In ihrem Viertel, in dem Gassenkot,
Wo sich der große Mond durch Dünste drängt,
Und sinkend an dem niedern Himmel hängt,
Ein ungeheurer Schädel, weiß und tot,

Da sitzen sie die warme Sommernacht
Vor ihrer Höhlen schwarzer Unterwelt,
Im Lumpenzeuge, das vor Staub zerfällt
Und aufgeblähte Leiber sehen macht.

Hier klafft ein Maul, das zahnlos auf sich reißt.
Hier hebt sich zweier Arme schwarzer Stumpf.
Ein Irrer lallt die hohlen Lieder dumpf,
Wo hockt ein Greis, des Schädel Aussatz weißt.

Es spielen Kinder, denen früh man brach
Die Gliederchen. Sie springen an den Krücken
Wie Flöhe weit und humpeln voll Entzücken
Um einen Pfennig einem Fremden nach.

Aus einem Keller kommt ein Fischgeruch,
Wo Bettler starren auf die Gräten böse.
Sie füttern einen Blinden mit Gekröse.
Er speit es auf das schwarze Hemdentuch.
Bei alten Weibern löschen ihre Lust
Die Greise unten, trüb im Lampenschimmer,
Aus morschen Wiegen schallt das Schreien immer
Der magren Kinder nach der welken Brust.

Ein Blinder dreht auf schwarzem, großem Bette
Den Leierkasten zu der Carmagnole[7],
Die tanzt ein Lahmer mit verbundener Sohle,
Hell klappert in der Hand die Kastagnette.

Uraltes Volk schwankt aus den tiefen Löchern,
An ihre Stirn Laternen vorgebunden.
Bergmännern gleich, die alten Vagabunden.
Um einen Stock die Hände, dürr und knöchern.

---

7 Ein anonymes Revolutionslied zur Zeit der Französischen Revolution.

Auf Morgen geht's. Die hellen Glöckchen wimmern
Zur Armesündermette durch die Nacht.
Ein Tor geht auf. In seinem Dunkel schimmern
Eunuchenköpfe, faltig und verwacht.

Vor steilen Stufen schwankt des Wirtes Fahne,
Ein Totenkopf mit zwei gekreuzten Knochen.
Man sieht die Schläfer ruhn, wo sie gebrochen
Um sich herum die höllischen Arkane.

Am Mauertor, in Krüppeleitelkeit
Bläht sich ein Zwerg in rotem Seidenrocke,
Er schaut hinauf zur grünen Himmelsglocke,
Wo lautlos ziehn die Meteore weit.

Kurt Pinthus versteht Expressionismus als **politische Dichtung**: „Denn ihr Thema ist der Zustand der gleichzeitig lebenden Menschheit, den sie beklagt, verflucht, verhöhnt, vernichtet, während sie zugleich in furchtbarem Ausbruch die Möglichkeiten zukünftiger Änderung sucht." [8] Dieser politische Zug tritt in der Antikriegslyrik, beispielsweise in Heyms *Der Krieg* (vgl. S. 54 ff.), Tollers *Mütter* (vgl. S. 95 f.) oder Lichtensteins *Abschied* (vgl. S. 79), deutlich hervor. Dagegen sind die politischen Forderungen der Arbeiterbewegung eher als unkonkrete Metapher für eine Utopie des gemeinsamen Miteinanders zu verstehen wie in Bechers *An Berlin* (vgl. S. 102 f.).

Antikriegslyrik

Die Lyrik ist die zentrale Gattung des Expressionismus. In ihr finden sich neben den kulturpessimistischen Tendenzen, die im Gegensatz zu dem dröhnenden Optimismus der Wilhelmini-

---

8 Pinthus, S. 29.

schen Epoche standen, auch Regressionsfantasien[9], die seit Sigmund Freuds Erforschung des Unbewussten als Bestandteil der menschlichen Psyche angesehen wurden. Die **Entfesselung der Kriegsbegeisterung** im August 1914 „entlarvt die Sekurität, in der die Vorkriegsgesellschaft zu leben vermeinte, als lügnerische Verschleierung psychischer Spannungen und latenter Katastrophenbereitschaft“[10] der wilhelminischen Gesellschaft. Diese untergründige Wahrheit, also das im Unbewussten der Epoche angesiedelte Spannungsverhältnis von Aggression und Apathie, kommt in der zwischen 1910 und 1914 entstandenen Lyrik deutlich zum Vorschein. In nicht-fiktionalen Texten der damaligen Zeit, also in Presse oder wissenschaftlichen Abhandlungen, findet sich von diesen psychischen Spannungen kaum einmal etwas, die Konflikte wurden von der bürgerlichen Gesellschaft „verdrängt“. So lässt sich verstehen, wieso die überwiegend im materiellen Wohlstand lebenden Menschen in einen Freudentaumel gerieten, als 1914 der Krieg begann. In einem Tagebuch-Eintrag aus dem Jahre 1910 notierte Georg Heym einige Sätze, in denen das **Leiden an den erstarrten Verhältnissen in der Vorkriegs-Gesellschaft** und der Wunsch nach Veränderung deutlich werden:

Spannungsverhältnis von Aggression und Apathie

Wunsch nach Veränderung

> „Mein Unglück ruht (…) in der ganzen Ereignislosigkeit des Lebens. Warum tut man nicht einmal etwas Ungewöhnliches (…)? Geschähe doch einmal etwas. Würden einmal wieder Barrikaden gebaut. Ich wäre der erste, der sich darauf stellt, ich wollte noch mit der Kugel im Herzen den Rausch der Begeisterung spüren.“[11]

---

9 Regression: In der Psychoanalyse die psychische Rückkehr zu früheren Entwicklungsstufen wie z. B. die Wiederkehr kindlicher Verhaltensmuster.
10 Giese, S. 17. Sekurität: Sicherheit, Sorglosigkeit.
11 Zitiert nach: Kanz, S. 370.

In der Figur des ‚Philisters', des Kleinbürgers und Spießers, konzentrierte sich die expressionistische **Kritik am angepassten Erwerbsbürger der Wilhelminischen Zeit**. Metaphorisch wurde diese Kritik an der starren Gesellschaftsstruktur im Bild des Vaters personifiziert: „Der Vater im Umkreis des Expressionismus wird zur universalen Metapher sozialer Machtverhältnisse."[12] Die **Vaterkritik** ist interessant, weil sie von Söhnen kam, die bürgerlich-akademischen Verhältnissen entstammten, mithin also aus dem staatstragenden Teil der Bevölkerung in einer Zeit des Aufschwungs und der politischen Weltmachtgeltung kamen. Die Vaterkritik findet sich vor allem in der expressionistischen Epik, z. B. in der Novelle *Nicht der Mörder, der Ermordete ist schuldig* (1920) von Franz Werfel und in der Erzählung *Das Urteil* (entst. 1912) von Franz Kafka (1883–1924), aber auch im Drama *Der Sohn* (1914) von Walter Hasenclever (1890–1940): In diesen Werken wird der Kampf gegen traditionelle Männerrollen geschildert, die in den Vaterfiguren verkörpert werden. Anders als in den Dramen Hasenclevers oder Werfels endet in Kafkas Texten (z. B. *Die Verwandlung*, entst. 1912, oder dem autobiografischen *Brief an den Vater*, entst. 1919) der Kampf mit einer Niederlage der Söhne.

Väter und Söhne

In der Realität suchten die aufbegehrenden „Söhne" den Kontakt zu Gleichaltrigen. In Berlin beispielsweise sammelte man sich um Kurt Hiller und seinen *Neuen Club* (1909), der später zum *Neopathetischen Cabaret* (1910) und ab 1911 zum Cabaret *GNU* wurde. Verlagsgründungen z. B. in München (Heinrich Bachmair) und Leipzig (Ernst Rowohlt, Kurt Wolff) und zahlreiche **neue Zeitschriften mit programmatischen Titeln** wie *Der Sturm* (Herwarth Walden) oder *Die Aktion* (Franz Pfemfert), *Der Orkan*, *Das neue Pathos* und *Der jüngste Tag* schufen wichtige Präsentations- und

12 Ebd., S. 369.

Diskussionsforen für die neue Kunst. Daneben wurden vor allem Anthologien publiziert: Hiller gab 1912 *Kondor* heraus; von der von Kurt Wolff (1887–1963) verlegten und von Franz Werfel lektorierten Reihe *Der jüngste Tag* erschienen 86 Hefte. Die bekannteste Anthologie wurde die von Kurt Pinthus 1920 herausgegebene *Menschheitsdämmerung*.

Präsentations- und Diskussionsforen für die neue Kunst

Neben der Lyrik findet sich der Einfluss des Expressionismus vor allem im Drama: Im **Stationendrama** wird auf die geschlossene Form verzichtet, dies steht formal für Rationalitätskritik und Ausdruck der Orientierungslosigkeit des Einzelnen. Beispiele dafür sind Georg Kaisers (1878–1945) Stück *Von morgens bis mitternachts* (entst. 1912) oder Hermann Kasacks (1896–1966) *Himmel und Hölle* (1920). Das **Reihungsprinzip** findet sich auch in den Romanen Alfred Döblins und Carl Einsteins (1885–1940), die beide das Prinzip des Fragmentarischen literarisch fruchtbar machten. Auch im gerade aufkommenden Film setzten expressionistische Künstler Maßstäbe; ihre (Stumm-)Filme werden bis heute rezipiert, beispielsweise *Das Cabinet des Dr. Caligari* (1920) von Robert Wiene (1873–1938) oder die Filme von Fritz Lang (1890–1976) wie *Dr. Mabuse, der Spieler* (1922) oder *Metropolis* (1927).

Rationalitätskritik und Ausdruck der Orientierungslosigkeit des Einzelnen

Die expressionistische Erneuerungsvision als säkulare Heilslehre ließ nach dem Scheitern der revolutionären Bewegungen und mit der Stabilisierung der Weimarer Republik deutlich nach. Als Reaktion auf die subjektiv-ekstatische Dichtung der Kriegs- und Nachkriegsjahre entstand am Ende der 1920er Jahre die **Neue Sachlichkeit** mit dem Ziel einer möglichst unaufgeregten und konkret nachvollziehbaren Darstellung der Wirklichkeit, beispielsweise im dokumentarischen Theater Erwin Piscators (1893–1966) oder in der „Gebrauchslyrik" von Bertolt Brecht (1898–1956) und Erich Kästner (1899–1974).

Die expressionistische Erneuerungsvision als säkulare Heilslehre

Themen und Autoren

Die Autoren, die zwischen 1910 und 1920 schrieben, gehörten überwiegend der **jungen Generation von Intellektuellen** an. Ihrem Selbstverständnis nach verkörperten sie eine revolutionäre Aufbruchsbewegung, eine Art „heiliger Mob" (Ludwig Rubiner): Sie begriffen sich als eine Gruppe von Außenseitern, die sich zumindest in ihrem Werk für das Künstlertum und eine **freie Bohème-Existenz** entschieden. Als echte „dichtende Vagantin" lebte aber nur Else Lasker-Schüler, alle anderen Dichter genossen eine akademische Ausbildung und gingen zumeist bürgerlichen Berufen nach. Auf Fotografien posieren sie in typischen bourgeoisen (bürgerlichen) Artefakten, in Militäruniformen (z. B. August Stramm) oder im Anzug (z. B. Jakob van Hoddis). Nach außen hin fand somit ein klares Bekenntnis zu jener **Bürgerlichkeit** statt, die sie in ihren Gedichten kritisierten und gegen die sie ihre innerliche Bohème-Haltung setzten.

Bürgerlich-antibürgerliche Künstler

Blickt man auf die behandelten Themen, so lassen sich einige Bereiche festlegen, die typischerweise in expressionistischen Gedichten behandelt werden, und zwar je nach Ausrichtung mit einer messianischen, einer explizit revolutionären oder einer diagnostizierenden Akzentuierung. Zugleich ist die Themenwahl kein Ausschließlichkeitskriterium für Gedichte dieser Strömung – so sind beispielsweise die Vergänglichkeit des Menschen oder der Abend beliebte Themen auch in Gedichten anderer Epochen. Erst die inhaltliche und die formale Gestaltung des gewählten Themas lässt eine Zuordnung zur Epoche des Expressionismus plausibel werden.

Vergleich mit den Lyrik-Themen anderer Epochen

Führt man den Vergleich mit den Lyrik-Themen anderer Epochen weiter, so fällt auf, dass die sonst beliebten Themen „Liebe" oder „Natur" im Expressionismus fast ausschließlich in einem negativen oder zumindest desillusionierend-realistischen Zusammenhang

Themen expressionistischer Lyrik

vorkommen: Bei August Stramm finden wir Gedichte, die sich mit dem Ende einer Beziehung (z. B. *Untreu*, vgl. S. 91) bzw. dem Geschlechtsakt (*Trieb*, vgl. S. 90) beschäftigen, Else Lasker-Schülers Liebesgedichte künden von einer Illusion (z. B. in *Giselheer dem Heiden*), Georg Trakl zeichnet das Bild einer durch die Industrialisierung vergewaltigten Natur (z. B. *Vorstadt im Föhn*). Bei Alfred Lichtenstein (*Nebel*, vgl. S. 77) und Georg Trakl (z. B. *In ein altes Stammbuch*, vgl. S. 72, *Verfall*, vgl. S. 74) sind manche Gedichte auszumachen, die die Phänomene der Natur mit der **Vergänglichkeitsthematik** in Verbindung bringen. Gewissermaßen an die Stelle der Natur ist die Stadt als ein zentrales Thema gerückt: Die **Großstadt** wird mit allen negativen Aspekten wie **Industrialisierung** (z. B. Paul Zechs *Fabrikstädte an der Wupper*), **Armenvierteln** (z. B. Heyms *Die Vorstadt*, vgl. S. 20 ff.), **Bordellen** (z. B. Stramms *Freudenhaus*, 1915, van Hoddis *Loge*, 1911), **Irrenhäusern** (z. B. Lichtensteins *Die Fahrt nach der Irrenanstalt II*, vgl. S. 79) gesehen (vgl. Heyms *Berlin I*, *Berlin II*, Trakls *Unterwegs*). Georg Heym spitzt die Personifizierung der Stadt (z. B. in *Die Stadt*, vgl. S. 60) auf ihre **Dämonisierung** (z. B. in *Die Dämonen der Städte*) zu; mythologische Anspielungen (z. B. in *Der Gott der Stadt*) verstärken das Unheimliche und Unmenschliche der brutalen Szenerie.

Häufig gestaltete Themen sind **Untergang/Vernichtung** in Verbindung mit der **Tagesdämmerung** oder der **Nacht** (z. B. Heyms *Der Abend*, Trakls *Verfall*, vgl. S. 74), mit **Aufbruch** (Stadlers *Fahrt über die Kölner Rheinbrücke bei Nacht*, vgl. S. 83 f.) und natürlich **Krieg** in allen seinen Auswirkungen (z. B. Lichtensteins *Abschied*, vgl. S. 79; Heyms *Der Krieg*, vgl. S. 54 ff.; Tollers *Mütter*, vgl. S. 95 f.).

Menschliches Leiden spielt in den Gedichten Gottfried Benns eine zentrale Rolle (z. B. *Mann und Frau gehn durch die Krebsbaracke*, vgl. S. 48 f.; *Morgue I: Kleine Aster*, vgl. S. 50). Georg Heym widmet sich dem **Wahnsinn** (z. B. in *Ophelia*), aber auch der **Eros**

wird sprachlich gestaltet (Trakls *An die Schwester*, Benns *D-Zug*). Ein wichtiges Thema ist die Vorstellung, dass der begonnene Aufbruch **einen neuen Menschen** schaffen (z. B. Stadlers *Form ist Wollust*, vgl. S. 84; *Vorfrühling*, vgl. S. 85) bzw. zu einer **Verbrüderung der Menschen** (z. B. Bechers *Eingang*, vgl. S. 99 f.; *An Berlin*, vgl. S. 102 f.) führen werde. Der Appell an den Menschen, pointiert gefasst im „O Mensch-Pathos" Franz Werfels oder Walter Hasenclevers, ist der Aufruf zur Besinnung, Umkehr und Neuorientierung. Dahinter steht der Glaube an das menschliche Veränderungspotenzial; inhaltlich wird die Abkehr vom Traditionellen und Abgelebten im **Vater-Sohn-Konflikt** deutlich (z. B. in Werfels *Vater und Sohn*, Bechers *An den Vater*). Die Vorstellung vom Expressionismus als einer Übergangszeit generiert auch apokalyptische Vorstellungen, die das **Herannahen des Krieges** und damit einer **neuen Zeit** beinhalten (z. B. van Hoddis' *Weltende*, vgl. S. 36; Lasker-Schüler *Weltende*, vgl. S. 39). Else Lasker-Schüler subsumiert unter die Ausprägungen menschlichen Leidens auch – autobiografisch bezogen – das **Fernsein von der Heimat** (z. B. *Heimweh*, vgl. S. 42 f.; *Mein blaues Klavier*, vgl. S. 42).

Schreibstile der Dichter zum Teil signifikant verschieden

Die Schreibstile der Dichter, die sich der Epoche zuordnen lassen, sind zum Teil signifikant verschieden. Doch auch wenn die folgenden Epitheta als vergröbernde Pauschalisierungen kritisiert werden können, so lassen sich doch mit aller Vorsicht einigermaßen **„typische" Schreibweisen** differenzieren: Trakl schreibt melancholisch-hermetisch, Benn desillusionierend-nihilistisch, Stadler emotional-ekstatisch-übertreibend, Heym mythisch-dunkel, Lichtenstein schockierend-grotesk, Lasker-Schüler märchenhaft-ausschweifend, van Hoddis krass-banalisierend, Toller kreativ-schockierend, Becher politisch-utopisch, Stramm wortartistisch. Die Wortartistik ist darüber hinaus ein wesentliches Stilmerkmal des Expressionismus. Beim Ausdruck des individuellen Erlebens der Realität galt es, konkrete formalästhetische Vorgaben einzuhalten. Als Beispiel für eine solche Anleitung soll der folgende Auszug aus Lothar Schreyers *Expressionistische Dichtung* (1918/19) gelten, in dem unter anderem beschrieben wird, wie der Dichter mit der Verkürzung des Ausdrucks eine Konzentration von Inhalt und Gestalt bewirkt:

Verkürzung und Konzentration des Ausdrucks

> „Die Bäume und die Blumen blühen
>
> ist eine einfache Aussage.
>
> Die Bäume, die Blumen blühen
>
> ist eine einfache Verkürzung. Die Kopula bleibt weg. Ebenso ist
>
> Bäume und Blumen blühen
>
> eine einfache Verkürzung. Die Artikel fallen weg. Aber
>
> Baum und Blume blüht
>
> ist keine einfache Verkürzung mehr, sondern eine Konzentration. Der Begriff ist tiefer gefasst. Aber die Einheit der Begriffe Baum und Blume und Blühen kann noch konzentrierter gestaltet werden. So ist die Form möglich
>
> Blühender Baum, blühende Blume.
>
> Aber hier ist nur die Einheit des Blühens gebildet. Baum und Blume sind als Gegensätze gefasst. Erst die Form
>
> Baum blüht Blume
>
> fügt die drei Begriffe zu einem Einheitsbegriff zusammen.
>
> Dies ist ein Wortsatz.
>
> Dieser Wortsatz kann noch bis in ein Einzelwort konzentriert werden, wenn die Wortreihe keinen Satz, sondern ein Wort for dert. Dieses Wort heißt dann
>
> Blüte.
>
> Die komplexe Vorstellung des Wortes Blüte umfasst Baum und Blume im Blühen.“ [13]

---

13 Schreyer, S. 178.

Themen und Autoren

Die folgende Tabelle gibt einen thematisch geordneten Überblick über die Lyrik-Beispiele:

THEMA	SEITE
metaphysische Obdachlosigkeit	
Albert Ehrenstein: *Gottes Tod* (1917)	s. S. 14
Ahnung der kommenden Apokalypse	
Jakob van Hoddis: *Weltende* (1911)	s. S. 36
Else Lasker-Schüler: *Weltende* (1905)	s. S. 39
Fernsein der Heimat	
Else Lasker-Schüler: *Heimweh* (1911)	s. S. 42 f.
Else Lasker-Schüler: *Mein blaues Klavier* (1943)	s. S. 42
menschliches Leiden	
Franz Werfel: *Sterbender im Verbrecherlazarett* (1914)	s. S. 18 ff.
Gottfried Benn: *Mann und Frau gehn durch die Krebsbaracke* (1912)	s. S. 48 f.
Gottfried Benn: *Morgue I: Kleine Aster* (1912)	s. S. 50
Alfred Lichtenstein: *Die Fahrt nach der Irrenanstalt II* (1912)	s. S. 79
Großstadt	
Georg Heym: *Die Vorstadt* (1910)	s. S. 20 ff.
Georg Heym: *Die Stadt* (1911)	s. S. 60
Vergänglichkeit / Melancholie	
Georg Trakl: *In ein altes Stammbuch* (1913)	s. S. 72
Georg Trakl: *Verfall* (1909)	s. S. 74
Alfred Lichtenstein: *Nebel* (1913)	s. S. 77

Themen und Autoren

THEMA	SEITE
Aufbruch / neuer Mensch	
Franz Werfel: *Revolutions-Aufruf* (1914)	s. S. 16
Ernst Stadler: *Fahrt über die Kölner Rheinbrücke bei Nacht* (1914)	s. S. 83 f.
Ernst Stadler: *Form ist Wollust* (1914)	s. S. 84
Ernst Stadler: *Vorfrühling* (1914)	s. S. 85
Krieg	
Georg Heym: *Der Krieg* (1911)	s. S. 54 ff.
Ernst Stadler: *Sterben* (1914)	s. S. 59
Georg Trakl: *Grodek* (1914)	s. S. 71
Alfred Lichtenstein: *Abschied* (1914)	s. S. 79
Ernst Toller: *Mütter* (1917)	s. S. 95 f.
Liebe	
August Stramm: *Trieb* (1915)	s. S. 90
August Stramm: *Untreu* (1915)	s. S. 91
Parodie auf August Stramm	
Richard Huelsenbeck: *Capriccio* (1916)	s. S. 90
Verbrüderung der Menschen / Revolution	
Johannes R. Becher: *Eingang* (zwischen 1913 u. 1916)	s. S. 99 f.
Johannes R. Becher: *An Berlin* (1918)	s. S. 102 f.
Lyrik der neuen Sachlichkeit	
Erich Kästner: *Sachliche Romanze* (1928)	s. S. 93
postmoderne Lyrik	
Rolf Dieter Brinkmann: *Gedicht* (1975)	s. S. 61

2. EPOCHENBLATT ZUR LYRIK DES EXPRESSIONISMUS

„Expressionismus“: von lat. ‚expressio‘ = Ausdruck; „Ausdruckskunst“ im Gegensatz zu „Eindruckskunst“ (Impressionismus); das Kunstwerk veranschaulicht die Innenwelt des Individuums.

ZEITGESCHICHTLICHER HINTERGRUND

→ Wilhelminisches Kaiserreich (1871–1918) und Beginn der Weimarer Republik (1919 ff.)
→ industrieller Aufschwung, Wohlstand zur Zeit des Frühexpressionismus
→ Imperialismus und Kolonialismus, zunehmender Nationalismus und Kriegsbegeisterung
→ massive Aufrüstung
→ Verhinderung demokratischer Reformen
→ Erster Weltkrieg (1914–1918) mit über 1,8 Millionen Toten allein auf der Seite des Deutschen Reiches
→ Versailler Vertrag mit hohen Reparationszahlungen für das Deutsche Reich
→ 1917/1918: Arbeiterrevolutionen in Russland und im Deutschen Reich

GEISTESGESCHICHTLICHER HINTERGRUND

→ Friedrich Nietzsche (1844–1900) als „Vernichter der Vätermoral“ und als Dichter ekstatischer Lyrik, Proklamation des schöpferischen Lebenswillens
→ Reaktion auf Naturalismus und Impressionismus
→ Lebensphilosophie (Dilthey, Bergson)
→ Erforschung des Unbewussten (Freud)
→ zunehmender Nationalismus
→ naturwissenschaftliche Entdeckungen mit Konsequenzen für einen veränderten Wirklichkeitsbegriff (Einstein, Planck, Bohr)

THEMATISCHE MERKMALE

→ Leiden, Tod, Abschied, Monotonie, Großstadt, Krieg
→ Ausdruck des inneren Erlebens, Pathos, Ekstase
→ Wiedergabe subjektiv-sinnlicher Eindrücke, subjektive Überhöhung des Realen
→ Krieg als „Reinigung“ von überlebten gesellschaftlichen Strukturen

- → Vorstellung eines neuen, selbstbestimmten Menschen
- → ethische statt ästhetische Haltung (Ernst Stadler)
- → messianische, revolutionäre und diagnostizierende Strömungen
- → Leben als permanenter Kreislauf von Werden/Vergehen
- → Anti-Kriegsdichtung (Ernst Toller)
- → Vorstellung einer sozialistischen Weltverbrüderung (Toller, Johannes R. Becher)

FORMALE MERKMALE

- → radikale, kühne Metaphorik
- → Personifizierungen, Dämonisierungen (Großstadt/Krieg)
- → explizite Farbsymbolik
- → Aufnahme (und Bruch) traditioneller strenger Formen und Kontrastierung mit inhaltlicher Darstellung von Chaos und Auflösung
- → Spannung zwischen individuellem Ausdruck und Darstellung der Auflösung des Individuellen in der Masse
- → Groteske als Ausdrucksmittel der Verzweiflung (A. Lichtenstein)
- → Expressionismus als Wortartistik (A. Stramm)
- → Neologismen, syntaktische Verknappung, Kontrast durch Trivialisierung (A. Stramm)
- → Reihenstil, Simultanismus (J. van Hoddis)

HAUPTVERTRETER

- → Georg Trakl (1887–1914)
- → Alfred Lichtenstein (1889–1914)
- → Georg Heym (1887–1912)
- → Ernst Stadler (1883–1914)
- → Gottfried Benn (1886–1956)
- → Else Lasker-Schüler (1869–1945)
- → Jakob van Hoddis (1887–1942)
- → Ernst Toller (1893–1939)
- → Johannes R. Becher (1891–1958)
- → August Stramm (1874–1915)
- → Alfred Wolfenstein (1888–1945)
- → Albert Ehrenstein (1886–1950)
- → Karl Otten (1889–1963)
- → Franz Werfel (1890–1945)
- → Walter Hasenclever (1890–1940)
- → Klabund, d.i. Alfred Henschke (1890–1928)
- → Ernst Blass (1890–1939)
- → Max Herrmann-Neiße (1886–1941)

3. AUTOREN UND IHRE GEDICHTE[14]

Die folgenden Lyrikinterpretationen beginnen mit Beispielen des Früh- bzw. Vorkriegsexpressionismus (z. B. Jakob van Hoddis' *Weltende* oder Gottfried Benns *Kleine Aster*), gefolgt von Gedichten, die zur Zeit des Kriegsausbruchs bzw. während des Krieges entstanden sind (z. B. Alfred Lichtensteins *Abschied* oder August Stramms *Untreu*). Werke von Autoren, die durch die Kriegserfahrung politisch radikalisiert wurden und auf eine Revolution in Deutschland hinarbeiteten, bilden den Abschluss (Ernst Tollers *Mütter* und Johannes R. Bechers *An Berlin*).

Jakob van Hoddis (1887–1942)

Kurzbiografie und Werk

Jakob van Hoddis hinterließ nur ein schmales Werk, schrieb aber mit *Weltende* 1911 das heute wohl **bekannteste Gedicht des Expressionismus**. Berühmt wurde er durch Auftritte im Berliner *Neuen Club,* den er 1909 mitbegründete, und durch Veröffentlichungen in der Zeitschrift *Die Aktion*. Sein Werk zeichnet sich durch schwarzen Humor und das Stilmittel der **Groteske** aus, wodurch van Hoddis ein Vorläufer des Dadaismus wurde.

---

14 Zu den Quellenangaben der folgenden abgedruckten Gedichte vgl. das Literaturverzeichnis.

Jakob van Hoddis (1887–1942)

KURZBIOGRAFIE

Van Hoddis wurde am 16. Mai 1887 in Berlin unter dem Namen Hans Davidsohn geboren. Der Sohn eines Arztes studierte von 1906 an zunächst Architektur. Nach dem Abbruch des Studiums 1907 ging van Hoddis nach Jena und studierte dort klassische Philologie und Philosophie. Nach dem Tod des Vaters 1909 nahm er den Namen „Jakob van Hoddis" an. Von 1912 an machten sich verstärkt Symptome psychischer Krankheit bemerkbar, die ab 1915 zu seiner ständigen Betreuung, zeitweilig in Pflegeanstalten, führte. Das Krankheitsbild verschlimmerte sich Ende der 1920er Jahre, sodass ein Onkel die Vormundschaft übernehmen musste. 1933 wurde van Hoddis in die Pflegeanstalt in Sayn bei Koblenz verlegt, in der die Nationalsozialisten sämtliche Nervenkranken jüdischer Abstammung einwiesen ließen. Im April 1942 wurde van Hoddis von dort aus nach Polen deportiert und vermutlich am 30. April in Sobibór ermordet.

Opfer des Holocaust

WERK

Im Hinblick darauf, dass Jakob van Hoddis aufgrund seiner psychischen Erkrankung mehr als die Hälfte seines Lebens in Pflegeeinrichtungen zubrachte und gerade einmal sieben Schaffensjahre nutzen konnte, ist es nicht verwunderlich, dass sein lyrisches Werk recht schmal ist. Bereits in der Schule schrieb er erste Gedichte, ehe er zusammen mit Erwin Loewenson und Kurt Hiller 1909 in Berlin den *Neuen Club* gründete, der sich rasch zum Sammelbecken der neuen Literaturströmung entwickelte. Sein Gedicht *Weltende*, das der Dichter erstmals 1910 im *Neopathetischen Cabaret* vortrug, wurde als Auftakt der so genannten „Aktionslyrik" angesehen, sein **Reihungsstil** wurde stilbildend. Es ist heute das vielleicht **bekannteste Gedicht des Expressionismus**. Darüber hinaus gibt es von van Hoddis noch ca. 70 weitere Gedichte, die teils von schwermütiger Ironie, teils von visionärer Metaphorik, teils von **schwarzem Humor** geprägt sind.

Jakob van Hoddis (1887–1942)

Beispiel: *Weltende* (1911)

Dem Bürger fliegt vom spitzen Kopf der Hut,
In allen Lüften hallt es wie Geschrei,
Dachdecker stürzen ab und gehn entzwei
Und an den Küsten – liest man – steigt die Flut.

Der Sturm ist da, die wilden Meere hupfen
An Land, um dicke Dämme zu zerdrücken.
Die meisten Menschen haben einen Schnupfen.
Die Eisenbahnen fallen von den Brücken.

Weltende gehört zu den am häufigsten interpretierten Gedichten des Expressionismus. Es wurde erstmals am 11. Januar 1911 in der Berliner Zeitschrift *Der Demokrat*, dem Vorläufer der berühmten Zeitschrift *Die Aktion*, publiziert. Seine herausragende Bedeutung für die literarische Epoche kommt darin zum Ausdruck, dass Kurt Pinthus es an den Anfang seiner Anthologie *Menschheitsdämmerung* (1920) stellte. Entstanden ist der Text wohl Mitte 1910, als in ganz Europa aufgrund der bevorstehenden **Wiederkehr des Halleyschen Kometen** (der nur alle ca. 76 Jahre zu sehen ist) Weltuntergangsstimmung ausgebrochen war. Inwieweit van Hoddis die grassierende Endzeitstimmung zum Anlass für die Abfassung und die Titelgebung dieses Gedichtes nahm, lässt sich nur vermuten.

Diskrepanz zwischen angekündigtem Ereignis und formaler Struktur

Geht man vom Titel aus, und vergleicht man damit die **formale und inhaltliche Gestaltung,** so fällt die Diskrepanz zwischen angekündigtem und beschriebenem Ereignis und der formalen Struktur auf:

→ In konventioneller Metrik (fünfhebiger Jambus), mit traditionellem Reimschema (umschließender Reim und Kreuzreim) und mit einschlägiger Strophenform (zweistrophige Vierzeiler)

wird das Heraufziehen eines Unwetters beschrieben: In der ersten Strophe ist noch die Rede davon, dass sich der Sturm ankündigt; die ersten Hüte werden vom Kopf geweht, Dachdecker stürzen von Dächern, und der Meeresspiegel steigt. In der zweiten Strophe ist der Sturm hereingebrochen, das Meer überwindet die Dämme und überflutet das Land, Eisenbahnen stürzen von Brücken.

→ In „die wilden Meere hupfen" (V. 5) fällt das unpassend verwendete Verb auf, das wie ein seltsam-verniedlichend anmutender Kommentar zu einem katastrophalen Ereignis erscheint. Dieses Phänomen zeigt sich auch anderen Stellen des Gedichts: So wirkt die Alliteration „dicke Dämme" (V. 6) komisch. Auch die Bemerkung eines banalen Ereignisses in „Die meisten Menschen haben einen Schnupfen" (V. 7) fällt aus dem Rahmen einer Katastrophendarstellung. Schließlich wirkt das Verb „fallen" (V. 8) zur Beschreibung der von der Brücke stürzenden Eisenbahnen unpassend. Einen Kontrast stellt auch der Widerspruch zwischen dem Titel „Weltuntergang" und dem tatsächlichen Ereignis dar, das zwar ein starker Sturm, aber eben kein Weltuntergang ist.

→ Ein weiteres auffälliges Gestaltungsprinzip ist die Montage, am deutlichsten erkennbar im Reihungsstil, der mit dem Hinweis „liest man" (V. 4) als Collage aus fiktiven Zeitungsmeldungen realisiert wird: In Reihungstechnik wird Widersprüchliches zusammengesetzt; fast in jedem Vers findet sich ein neues Subjekt, zufällig erscheinende Ereignisse von zum Teil alltäglicher, zum Teil katastrophischer Art werden aneinandergereiht.

Spielerische Distanz

Die Folge dieser banal-katastrophischen Reihung ist eine spielerische Distanz, eine **Verharmlosung und Banalisierung des Schrecklichen** allein schon durch die schiere Anzahl der berichteten Ereignisse, was aus heutiger Sicht als vorweggenommener Verweis auf die massenmediale Überflutung mit Informationen verstanden werden kann: Die Vielzahl der berichteten Ereignisse lässt eine Unterscheidung zwischen wichtig und unwichtig nicht mehr zu. Das Ergebnis ist ein **Überraschungseffekt** durch das sprachlich-inhaltlich Disparate. Diese Technik führt direkt zu dem Stilmittel der **Groteske** bei Alfred Lichtenstein oder der sachlich-desillusionierenden Sprache bei Gottfried Benn.

Stichworte:

- → das bekannteste und am häufigsten interpretierte expressionistische Gedicht
- → Hintergrund: Wiederkehr des Halleyschen Kometen
- → Diskrepanz zwischen angekündigtem Ereignis und formaler Struktur
- → konventionelle Metrik, traditionelles Reimschema
- → unpassend verwendete Wörter, Überraschungseffekt
- → Montage und Reihungstechnik
- → Banalisierung des Schrecklichen
- → Stilmittel der Groteske

Vergleich mit einem Werk gleichen Titels

Wie unterschiedlich expressionistische Weltende-Visionen gestaltet sein können, zeigt der Vergleich mit einem noch teilweise dem Symbolismus zuzurechnenden Werk von Else Lasker-Schüler gleichen Titels. Darin konzentriert sich das lyrische Ich ganz auf die Darstellung des subjektiven Eindrucks; die Abwesenheit Gottes wird konstatiert, gleichzeitig wird die Sehnsucht nach Liebe und Geborgenheit ausgedrückt.

Else Lasker-Schüler
***Weltende* (1905)**

Es ist ein Weinen in der Welt,
Als ob der liebe Gott gestorben wär,
Und der bleierne Schatten, der niederfällt,
Lastet grabesschwer.

Komm, wir wollen uns näher verbergen ...
Das Leben liegt in aller Herzen
Wie in Särgen.

Du! wir wollen uns tief küssen –
Es pocht eine Sehnsucht an die Welt,
An der wir sterben müssen.

Else Lasker-Schüler (1869–1945)

Kurzbiografie und Werk

Else Lasker-Schüler schrieb neben Dramen, Prosaskizzen, Erzählungen und Romanen vor allem Lyrik, in der ein **starker Ich-Bezug** auffällt. Ihre Gedichte sind Ausdrucksformen einer Flucht vor der realen Welt, etwa durch die Imaginierung einer orientalischen Märchenwelt. 1910 erschuf sie für sich den Namen **„Prinz von Theben“**, der ihre Neigung zur Flucht in eine Fantasiewelt unterstreicht. Auch die umfangreiche Liebeslyrik der Dichterin jüdischer Herkunft ist geprägt von **biblischen und orientalischen Motiven**. Die ekstatisch-apokalyptischen *Hebräischen Balladen* (1913) gelten als ihr wichtigstes lyrisches Werk.

KURZBIOGRAFIE

Angehörige der Berliner Boheme

Else Schüler wurde am 11. Februar 1869 in Elberfeld (heute ein Stadtteil von Wuppertal) geboren. Ihr Vater Aaron Schüler war Bankier, ihr Großvater ein Großrabbiner. 1894 heiratete sie den Arzt Berthold Lasker, die Ehe wurde 1903 wieder geschieden. Die noch im selben Jahr geschlossene Ehe mit Herwarth Walden (eigentlich Georg Lewin, 1878–1941), dem Herausgeber des *Sturm*, einer der wichtigsten Zeitschriften des Expressionismus, wurde 1912 aufgelöst. Lasker-Schüler lebte nach der Auflösung ihrer zweiten Ehe ohne feste Erwerbstätigkeit von der Unterstützung durch Freunde in der Berliner Boheme[15]. 1933 musste sie als Jüdin in die Schweiz emigrieren; ab 1937 lebte sie verarmt in Jerusalem,

15 Boheme: unkonventionelles Künstlermilieu.

wo auch ihr letzter Gedichtband *Mein blaues Klavier* (1943) entstand. Sie starb am 22. Januar 1945.

WERK

Else Lasker-Schüler publizierte ihre ersten Gedichtsammlungen bereits kurz nach der Jahrhundertwende (*Styx*, 1902, *Der siebente Tag*, 1905), danach ein Prosa-Werk, *Die Nächte Tinos von Bagdad* (1907). Dem Schauspiel *Die Wupper* (1909) folgte ein weiterer Gedichtband *Meine Wunder* (1911), mit dem die Dichterin als bedeutende Vertreterin des Expressionismus bekannt wurde. In der **Berliner Künstlerszene** war Lasker-Schüler mit den führenden Vertretern der Avantgarde bekannt und befreundet, so beispielsweise mit Georg Trakl, Franz Werfel, Peter Hille, Alfred Döblin, Kurt Hiller und Karl Kraus. Als Höhepunkt ihres lyrischen Werks gelten die ekstatisch-apokalyptischen *Hebräischen Balladen* (1913).

Starker Ich-Bezug

Im Vergleich mit Gedichten anderer expressionistischer Autoren fällt in den Texten Else Lasker-Schülers ein starker Ich-Bezug auf. Die Dichterin **„lebte" in ihren Gedichten** und in der Welt, die sie sich mit ihnen erschuf. Insbesondere ihr Früh- und ihr Spätwerk weisen auf den Symbolismus hin, ein „typisch" expressionistisches Gedicht ist aus diesen Phasen schwer auszumachen.

Neigung zur Flucht in Fantasiewelten

Ihre Neigung zur Flucht in Fantasiewelten wird noch in den Texten ihres letzten, im Exil entstandenen Gedichtbandes *Mein blaues Klavier* (1943) deutlich. Das lyrische Ich (hier vielleicht zu Recht mit dem Ich der Dichterin gleichzusetzen, das krank und in Armut in Jerusalem lebt) beklagt mit dem Bild des Klaviers seine verlorene Heimat. Gleichzeitig ist die blaue Farbe der Hoffnung das Zeichen, dass es nicht aufgegeben hat, nach seiner Heimat zu suchen. Die Suche mündet am Ende des Gedichtes in eine Todesvision:

Else Lasker-Schüler (1869–1945)

Ich habe zu Hause ein blaues Klavier
Und kenne doch keine Note.

Es steht im Dunkel der Kellertür,
Seitdem die Welt verrohte.

Es spielen Sternenhände vier
– Die Mondfrau sang im Boote –
Nun tanzen die Ratten im Geklirr.

Zerbrochen ist die Klaviatür ...
Ich beweine die blaue Tote.

Ach liebe Engel öffnet mir
– Ich aß vom bitteren Brote –
Mir lebend schon die Himmelstür –
Auch wider dem Verbote.

Beispiel: *Heimweh* (1911)

Ich kann die Sprache
Dieses kühlen Landes nicht,
Und seinen Schritt nicht gehn.

Auch die Wolken, die vorbeiziehn,
Weiß ich nicht zu deuten.

Die Nacht ist eine Stiefkönigin.

Immer muss ich an die Pharaonenwälder denken
Und küsse die Bilder meiner Sterne.

Meine Lippen leuchten schon
Und sprechen Fernes,

Und bin ein buntes Bilderbuch
Auf deinem Schoß.

Aber dein Antlitz spinnt
Einen Schleier aus Weinen.

Meinen schillernden Vögeln
Sind die Korallen ausgestochen,

An den Hecken der Gärten
Versteinern sich ihre weichen Nester.

Wer salbt meine toten Paläste –
Sie trugen die Kronen meiner Väter,
Ihre Gebete versanken im heiligen Fluss.

Der Text stammt aus dem Gedichtband *Meine Wunder*, mit dem sich die Dichterin deutlich der expressionistischen Strömung annäherte, zugleich aber ihre symbolistischen Züge beibehielt.

Bereits der **Titel** des Gedichtes bestimmt das Fremdsein des lyrischen Ichs als situativ-emotionalen Kontext. Die **sprachlich-formale Analyse** ergibt, dass dieses Ich im Zentrum der Betrachtung steht; dies zeigt die Erststellung des Pronomens.

→ In V. 1–3 wird die **Fremdheit** als Sprachproblem konkretisiert. Die Deutung von V. 3 könnte die Erfahrung auch kultureller Fremdheit bezeichnen.
→ Von V. 4 an nehmen die metaphorischen Ausdrücke und Neologismen zu und lassen eine inhaltliche Beschreibung nur

noch assoziativ zu: Fremdheit drückt sich im unverstandenen Bild der vorbeiziehenden Wolken aus (vgl. V. 4 f.).

→ Die Titulierung der Nacht mit der paradoxen Wortneuschöpfung „Stiefkönigin“ (V. 6) weist auf die beherrschende Rolle der Nacht als Traumgeberin (ab V. 7 wird dieser Traum dann auch entfaltet) hin, gleichzeitig ist sie mit dem negativ konnotierten Präfix „Stief“ (man denke an die böse Stiefmutter und Königin in *Schneewittchen*) als etwas Fremdes und nicht vollständig Zugehöriges bezeichnet.

→ Die Situation des lyrischen Ichs in der Fremde bringt den Wunsch nach der fernen Heimat hervor. Diese Heimat scheint im vorderasiatischen Raum angesiedelt zu sein („Pharaonenwälder“, V. 7).

→ Der innige Bezug zu dieser Heimat wird in dem Bild „Und küsse die Bilder meiner Sterne“ (V. 8) deutlich: Das Possessivpronomen ordnet die Sterne klar zu; sie sind dem lyrischen Ich so vertraut, dass es das innere Bild, das es von ihnen entwirft, küssen möchte. Nimmt man hier einmal Abstand von der wissenschaftlich vorgeschriebenen Unterscheidung zwischen realem und implizitem Autor bzw. lyrischem Ich, so wäre man berechtigt, biografische Bezüge insbesondere in V. 7 zu erkennen. Die Dichterin stilisiert mittels exotisch-orientalischer Motive ihre **eigene jüdische Herkunft**.

→ Die imaginierte Begegnung mit der Heimat hellt die Stimmung des lyrischen Ichs merklich auf: V. 9–12 drücken mit den stabreimenden leuchtenden Lippen und dem bunten Bilderbuch aus, wie das lyrische Ich eloquent ein farbenfrohes Bild der Heimat ausmalt.

→ Die Reaktion auf die euphorische Schilderung fällt jedoch anders aus, als es das lyrische Ich erwartet: Die Konjunktion „aber“ (V. 13) drückt den Widerspruch zwischen Intention und

Reaktion aus. Das personifizierte „Antlitz“ (V. 13) verbirgt sich hinter Tränen. Die Reaktion des Sprechers ist Ernüchterung: Die Vogelmetapher dient dem lyrischen Ich dazu, in einer ungewöhnlichen Zusammenstellung mit „Korallen“ (V. 16) das Farbenfrohe der flüchtig-davonfliegenden Reminiszenz an die Heimat zu unterstreichen. Diese Reminiszenz ist offenbar nicht kommunizierbar – das Versteinern der „weichen Nester“ (V. 18) an den „Hecken der Gärten“ (V. 17) deutet darauf hin.

→ Das Gedicht, das mit einem Dreizeiler einsetzt, zieht in einem weiteren Dreizeiler ein Resümee, das als offene Frage formuliert ist. Das lyrische Ich fragt, wer die Erinnerung an die Heimat weitertragen wird, da offenbar nichts mehr von dem existiert, was als Erinnerung greifbar wäre. Auch die Gebete der Vorfahren erklingen nicht mehr, sondern sind mit ihnen in der Heimat zurückgeblieben (vgl. V. 21).

Am Ende des Textes steht somit eine desillusionierende Perspektive: **Wie kann Erinnerung weiterleben, wenn sie nicht kommuniziert werden kann?** Das Gedicht schildert eindrücklich die Erfahrung einer misslungenen Kommunikation über Heimat sowie die von vielen deutschen Juden in dieser Zeit geteilte Erfahrung der Assimilation, der Anpassung an die dominante christlich-deutsche Kultur, die häufig zu einem schmerzlichen Vergessen/Entgleiten der eigenen kulturellen Wurzeln führte.

Erfahrung der Assimilation, des Entgleitens der eigenen kulturellen Wurzeln

Die **konsequente Ich-Perspektive**, die zum Teil gewagten metaphorischen Zusammenstellungen und Wortneuschöpfungen sowie die letztlich desillusionierende Perspektive sind Elemente, die den Text in die Reihe anderer expressionistischer Gedichte stellen. Vergleicht man *Heimweh* aber mit van Hoddis' Gedicht *Weltende*, so sieht man, dass bei Lasker-Schüler ein so „typisches“ Merkmal des Expressionismus wie die Groteske als Kontrast zwischen banalisierendem Kommentar und katastrophalem Ereignis fehlt.

Groteske fehlt

Else Lasker-Schüler (1869–1945)

Stichworte:

→ Erfahrung von Fremdsein bzw. Fremdheit
→ Wunsch nach der fernen Heimat
→ Stilisierung der jüdischen Herkunft
→ Gefahr des Erinnerungsverlustes
→ konsequente Ich-Perspektive
→ teilweise gewagte metaphorische Zusammenstellungen
→ Wortneuschöpfungen

Gottfried Benn (1886–1956)

Kurzbiografie und Werk

Gottfried Benn ist **einer der wichtigsten Lyriker der ersten Hälfte des 20. Jahrhunderts**, seine Bedeutung weist weit über die Epoche des Expressionismus hinaus. Schlagartig berühmt wurde er 1912 mit seinem Lyrikband *Morgue*. Die darin enthaltenen neun Gedichte wurden wegen ihrer **provozierenden Stoffwahl** und ihres zynischen und desillusionierenden Tons äußerst kontrovers rezipiert.

KURZBIOGRAFIE

Benn wurde am 2. Mai 1886 in Mansfeld (Westprignitz) als Sohn eines protestantischen Pfarrers geboren. Er studierte 1903 und 1904 Theologie und Philosophie in Marburg, wechselte jedoch bald zur Medizin. Nach Abschluss seines Studium 1910 in Berlin arbeitete er als Arzt an der Berliner Charité, während des Krieges als Militärarzt u. a. in Brüssel und in der Pathologie der „Westend Klinik" in Berlin. 1917 ließ er sich dort als Facharzt für Haut- und Geschlechtskrankheiten nieder. Obgleich Benn zu Beginn der NS-Diktatur verhaltene Sympathie für nationalsozialistische Zielsetzungen geäußert hatte (*Akademie-Rede*), erhielt er ab 1938 Schreibverbot. Seine Texte durften bereits ab 1933 nicht mehr im Radio verbreitet werden, zudem musste er seine Arztpraxis aufgeben. Während des Zweiten Weltkrieges musste er erneut als Militärarzt in Hannover und Landsberg an der Warthe arbeiten. Nach dem Krieg kehrte Benn nach Berlin zurück und nahm seine ärztliche Tätigkeit wieder auf, seit 1948 durfte er auch wieder publizieren. Bis zu seinem Tod am 7. Juli 1956 war Benn litera-

Facharzt für Haut- und Geschlechtskrankheiten

risch ungemein produktiv. Auch öffentliche Auszeichnungen wie die Verleihung des wichtigsten Literaturpreises der Bundesrepublik, des Büchner-Preises, 1951 unterstreichen seine Bedeutung als einer der wichtigsten Dichter der Moderne. Er schrieb auch Erzählungen (z.B. *Gehirne*, 1916), Essays (*Das moderne Ich*, 1919) sowie nach dem Zweiten Weltkrieg eine Autobiografie (*Doppelleben*, 1950).

WERK

Schilderung von Krankheit, Leid und Tod

Viele Themen und Bilder von Krankheit und körperlichem Verfall in Benns frühen Werken entstammen dem beruflichen Umfeld des Dichters, dem Krankenhaus bzw. der ärztlichen Praxis. Die literarische Avantgarde lobte das Werk überschwänglich, die bürgerliche Literaturkritik empfand es als geschmacklos. Als ein eindrucksvolles Beispiel für die von vielen als Zerstörung poetischer Bilder empfundene Schilderung von Krankheit, Leid und Tod kann das Gedicht *Mann und Frau gehn durch die Krebsbaracke* (1912) gelten:

Der Mann:
Hier diese Reihe sind zerfallene Schöße
und diese Reihe ist zerfallene Brust.
Bett stinkt bei Bett. Die Schwestern wechseln stündlich.

Komm, hebe ruhig diese Decke auf.
Sieh, dieser Klumpen Fett und faule Säfte,
das war einst irgendeinem Mann groß
und hieß auch Rausch und Heimat.

Komm, sieh auf diese Narbe an der Brust.
Fühlst du den Rosenkranz von weichen Knoten?
Fühl ruhig hin. Das Fleisch ist weich und schmerzt nicht. –
Hier diese blutet wie aus dreißig Leibern.

Kein Mensch hat so viel Blut. –
Hier dieser schnitt man
erst noch ein Kind aus dem verkrebsten Schoß. –

Man lässt sie schlafen. Tag und Nacht. – Den Neuen
sagt man: hier schläft man sich gesund. – Nur sonntags
für den Besuch lässt man sie etwas wacher. –

Nahrung wird wenig noch verzehrt. Die Rücken
sind wund. Du siehst die Fliegen. Manchmal
wäscht sie die Schwester. Wie man Bänke wäscht. –

Hier schwillt der Acker schon um jedes Bett.
Fleisch ebnet sich zu Land. Glut gibt sich fort.
Saft schickt sich an zu rinnen. Erde ruft. –

In seinem **Spätwerk** nach 1945 (z.B. *Statische Gedichte*, 1948) kehrte Benn stilistisch-formal zum Symbolismus zurück, inhaltlich betonten die späten Gedichte die kreative Kraft des Individuums, mit der der Nihilismus der Zeit überwunden werden sollte. Beispielhaft für das Menschenbild dieser Phase, das dem expressionistischen Aufbruch eine Absage erteilte und das Individuum in den Mittelpunkt stellte, stehen die letzten Verse von *Reisen* (1950): „Ach, vergeblich das Fahren! / Spät erst erfahren Sie sich: / bleiben und stille bewahren / das sich umgrenzende Ich.“

Symbolismus

Gottfried Benn (1886–1956)

Beispiel: *Morgue I: Kleine Aster* (1912)

Ein ersoffener Bierfahrer wurde auf den Tisch gestemmt.
Irgendeiner hatte ihm eine dunkelhelllila Aster
zwischen die Zähne geklemmt.
Als ich von der Brust aus
unter der Haut
mit einem langen Messer
Zunge und Gaumen herausschnitt,
muss ich sie angestoßen haben, denn sie glitt
in das nebenliegende Gehirn.
Ich packte sie ihm in die Brusthöhle
zwischen die Holzwolle,
als man zunähte.
Trinke dich satt in deiner Vase!
Ruhe sanft,
kleine Aster!

Das Gedicht, das als Titel den Namen eines Pariser Leichenschauhauses trägt, gehört zu den bekanntesten Werken Benns. Veröffentlicht wurde es im gleichnamigen Gedichtband von 1912, mit dem der Dichter erstmals öffentlich wahrgenommen wurde. Inhaltlich und formal provoziert der Text:

→ Ein lyrisches Ich beschreibt in reimloser, optisch gegliederter Prosa den Vorgang einer **Autopsie,** der medizinischen Öffnung einer Leiche zur Klärung der Todesursache.

→ Die Wortwahl entkleidet den Vorgang von jeglicher Besonderheit: Die Todesursache des auf dem Seziertisch liegenden Bierfahrers wird umgangssprachlich mit dem Ausdruck „ersoffen" (vgl. V. 1) bezeichnet, auf die Leibesfülle des Verstorbenen weist der Ausdruck „auf den Tisch gestemmt" (V. 1) hin.

- → Der Sprecher, der offensichtlich als Arzt mit der Untersuchung des Leichnams beauftragt ist, beschreibt detailliert den Vorgang der Sezierung; die mit Zeilensprüngen gestaltete Versifizierung einzelner Vorgänge unterstreicht dabei die Dynamik des Vorgangs (vgl. V. 4–7).
- → Zentraler Bezugspunkt ist eine „dunkelhelllila Aster" (V. 2), die jemand wohl als makabrer Scherz zwischen die Zähne des Toten gesteckt hat und die durch die Tätigkeit des Operateurs in Bewegung gerät und in das Gehirn gleitet. Der Sprecher des Gedichtes verpflanzt die Blume daraufhin in die Brusthöhle, die danach zugenäht wird.

Sprachlich völlig unterschiedlich

Auffällig ist, dass mit dem Toten und der Blume sprachlich völlig unterschiedlich umgegangen wird: Während der tote Körper in nüchterner, schmucklos-kalter Weise beschrieben wird, wird die Blume sprachlich geradezu liebvoll umsorgt: Sie erhält zunächst eine differenziert-aufwändige farbliche Bestimmung (vgl. V. 2), wird dann in die Brusthöhle gebettet und durch das poetische Mittel der Personifizierung direkt angesprochen. Die Aufforderung, sich satt zu trinken und zu ruhen, sind Zeichen einer Sorge des lyrischen Ichs, die es wohl der Pflanze, nicht aber dem toten menschlichen Körper zuteil werden lässt, der keinerlei feierlich-emotionale Zuwendung erhält. Die Bezeichnung „kleine Aster" (V. 15) signalisiert am Ende sogar eine zärtliche Zuwendung, die in völligem Kontrast zur imaginierten Szene in einem Leichenschauhaus steht.

Scheinbar unvereinbare Kontraste und klinisch-kalter Nihilismus

Das Gedicht wird durch diesen **Kontrast** bestimmt: Auf der einen Seite steht die kalt-desillusionierende Behandlung eines toten menschlichen Körpers, der nunmehr als Sache gilt und ebenso behandelt wird. Dagegen wird die noch **lebende Blume personifiziert** und mit großer Feierlichkeit und Zärtlichkeit mit für sie lebensnotwendigen Dingen ausgestattet (Nährflüssigkeit). Die

Verknüpfung scheinbar unvereinbarer Gegensätze, die Durchbrechung von Erwartungshaltungen und der sich andeutende klinisch-kalte Nihilismus kennzeichnen dieses frühe Gedicht Benns. Die **Metapher der Aster** ließe sich möglicherweise noch als positive Zuwendung zur Welt deuten – ihr Eingeschlossen-Werden in den Leichnam bedeutet aber zugleich ihren, wenn auch „umsorgten" Untergang, die Rückkehr in den Urgrund der Welt.

Motiv des Vater-Sohn-Konflikts

Benns nihilistische Perspektive, wie sie in *Morgue* zum Ausdruck kommt, wird in den folgenden Jahren durch eine explizit revolutionäre Perspektive ersetzt. So nimmt er bereits in *Ein Trupp hergelaufener Söhne schrie* (1913) das für den Expressionismus typische Motiv des Vater-Sohn-Konflikts auf und erzeugt schon in der ersten Strophe eine sich von *Morgue* deutlich unterscheidende aggressiv-aufbegehrende Stimmung: „Ein Trupp hergelaufener Söhne schrie: / Bewacht, gefesselt des Kindes Glieder schon / durch Liebe, die nur Furcht war; / waffenunkundig gemacht, / uns zu befreien, / sind wir Hasser geworden, / erlösungslos."

Stichworte:

→ Autopsie als Thema, Arzt als lyrisches Ich
→ scheinbar unvereinbare Kontraste
→ unterschiedlicher sprachlicher Umgang mit Leiche und Blume
→ Aster wird personifiziert und zärtlich umsorgt
→ klinisch-kalter Nihilismus

Georg Heym (1887–1912)

Kurzbiografie und Werk

Der jung verstorbene Georg Heym gehört zu den bedeutendsten Vertretern des Frühexpressionismus. Seine von Baudelaire, Rimbaud, Hölderlin und Nietzsche beeinflusste bildgewaltige Lyrik ist von den **Gefühlen der Angst** und der Verzweiflung geprägt. Die existenzielle Grundsituation ist die Ausweglosigkeit, die Heym in Verbindung mit den Themen „Krieg“ und „Großstadtleben“ in zum Teil ekstatischen Untergangsszenarien und mit Bezug auf biblische Motive ausmalt. Ein für Heym charakteristisches Formmittel ist das der **metaphorischen Reihung**.

KURZBIOGRAFIE

Heym wurde am 30. Oktober 1887 in Hirschberg/Schlesien als Sohn eines Justizbeamten geboren. Sein Tagebuch, das er seit 1904 führte, gibt Zeugnis davon, dass er sich in Schule und Elternhaus unverstanden fühlte und schon früh Selbstmordgedanken hegte. Nach seinem Abitur im Jahre 1907 studierte Heym das ihm verhasste und von seinem Vater aufgenötigte Fach der Rechtswissenschaft in Würzburg, Berlin und Jena. Heym **ertrank** am 16. Januar 1912 mit 24 Jahren **beim Schlittschuhlaufen** bei dem Versuch, einen Freund zu retten.

WERK

Großstadt als Thema

Nach Abschluss des Studiums erschien sein Lyrikband *Der ewige Tag* (1911), in dem Heym insbesondere die Großstadt zum Thema machte, die einerseits in naturalistisch-genauer Darstellung, andererseits bereits in expressionistisch-ekstatischen Bildern

Georg Heym (1887–1912)

Vergänglichkeitsmotiv

erscheint. Seine Naturgedichte nehmen das Vergänglichkeitsmotiv auf und gestalten es – zumeist unter Einhaltung strenger formaler Regeln – mit apokalyptischen Metaphern. Bekannt wurde Heym auch durch seine Lesungen ab 1909/10 im Berliner *Neuen Club*. 1913 erschienen Heyms Novellen posthum unter dem Titel *Der Dieb. Ein Novellenbuch.*

Beispiel: *Der Krieg* (entst. 1911)

Aufgestanden ist er, welcher lange schlief,
Aufgestanden unten aus Gewölben tief.
In der Dämmrung steht er, groß und unbekannt,
Und den Mond zerdrückt er in der schwarzen Hand.

In den Abendlärm der Städte fällt es weit,
Frost und Schatten einer fremden Dunkelheit.
Und der Märkte runder Wirbel stockt zu Eis.
Es wird still. Sie sehn sich um. Und keiner weiß.

In den Gassen fasst es ihre Schulter leicht.
Eine Frage. Keine Antwort. Ein Gesicht erbleicht.
In der Ferne zittert ein Geläute dünn.
Und die Bärte zittern um ihr spitzes Kinn.

Auf den Bergen hebt er schon zu tanzen an,
Und er schreit: Ihr Krieger alle, auf und an!
Und es schallet, wenn das schwarze Haupt er schwenkt,
Drum von tausend Schädeln laute Kette hängt.

Georg Heym (1887–1912)

Einem Turm gleich tritt er aus die letzte Glut,
Wo der Tag flieht, sind die Ströme schon voll Blut.
Zahllos sind die Leichen schon im Schilf gestreckt,
Von des Todes starken Vögeln weiß bedeckt.

Über runder Mauern blauem Flammenschwall
Steht er, über schwarzer Gassen Waffenschall.
Über Toren, wo die Wächter liegen quer,
Über Brücken, die von Bergen Toter schwer.

In die Nacht er jagt das Feuer querfeldein
Einen roten Hund mit wilder Mäuler Schrein.
Aus dem Dunkel springt der Nächte schwarze Welt,
Von Vulkanen furchtbar ist ihr Rand erhellt.

Und mit tausend roten Zipfelmützen weit
Sind die finstren Ebnen flackend überstreut,
Und was unten auf den Straßen wimmelt hin und her,
Fegt er in die Feuerhaufen, dass die Flamme brenne mehr.

Und die Flammen fressen brennend Wald um Wald,
Gelbe Fledermäuse zackig in das Laub gekrallt.
Seine Stange haut er wie ein Köhlerknecht
In die Bäume, dass das Feuer brause recht.

Eine große Stadt versank in gelbem Rauch,
Warf sich lautlos in des Abgrunds Bauch.
Aber riesig über glühnden Trümmern steht,
Der in wilde Himmel dreimal seine Fackeln dreht,

Georg Heym (1887–1912)

Über sturmzerfetzter Wolken Widerschein,
In des toten Dunkels kalten Wüstenein,
Dass er mit dem Brande weit die Nacht verdorr,
Pech und Feuer träufet unten auf Gomorrh.

Das Thema des Gedichtes ist die **Brutalität, mit der der Krieg alles Lebendige vernichtet**. Heym nimmt in seinem zwei Jahre vor Ausbruch des Ersten Weltkriegs erschienenen Werk eindrucksvoll das Entsetzen und das Grauen vorweg, das die 1914 begeistert in den Krieg ziehenden Männer erwarten sollte: Im ersten Teil des Gedichtes (vgl. V. 1–12) wird das Auftauchen des personifizierten Krieges beschrieben. Der Krieg hat lange Zeit geschlafen und erhebt sich nun in der Dämmerung, der Mond ist sein erstes Opfer. Das Leben in den Städten erstarrt, wenn sein Schatten auf sie fällt. Die Menschen sind verunsichert und erschrecken. Von der dritten Strophe an (vgl. V. 13–32) beginnt der Krieg sein Vernichtungswerk, indem er zunächst seine Kämpfer auffordert, mit der Zerstörung zu beginnen. Um den Hals des **personifizierten Krieges** hängt eine aus Menschenschädeln gefertigte Kette. Bereits mit dem Einbruch der Nacht sind die ersten Menschen getötet und liegen im Schilf. Das Tötungswerk wird in der Stadt fortgesetzt; auf Gassen, über Toren und auf Brücken liegen die Opfer. In der Nacht setzt der Krieg sein Werk mit Feuer fort. Eine Feuersbrunst erhebt sich im ganzen Land, Wälder fallen ihm zum Opfer, der Krieg treibt alles Lebendige in die Flammen hinein. In den letzten beiden Strophen (vgl. V. 33–44) hat der Krieg sein Zerstörungswerk vollendet: Eine große Stadt liegt in Trümmern, das Land ist verwüstet, der Krieg aber triumphiert.

Entsetzen und Grauen

Als Aussage der Strophen lässt sich zusammenfassen, dass der Krieg alles Lebendige zerstört, sowohl die Natur als auch das von Menschenhand Geschaffene. Ist er einmal ausgebrochen, be-

Aussage der Strophen

herrscht er die Welt. Im Dienste dieser Aussage werden die **formalen und sprachlichen Mittel** eingesetzt:

- Dabei fällt die Verwendung ausdrucksstarker Adjektive und Verben, die das Zerstörungswerk beschreiben, besonders ins Auge.
- Auffallend ist die regelmäßige formale Gestaltung des Gedichtes mit zehn vierzeiligen Strophen mit Paarreim und jeweils sechshebigem Trochäus mit männlichen Kadenzen. Zu dieser Regelmäßigkeit der formalen Gestaltung steht das Vernichtungswerk des Kriegs, der Unordnung und Chaos mit sich bringt, in deutlichem Gegensatz. Möglicherweise stellt die formale Ordnung auch ein Zeichen der Unerbittlichkeit und der Regel- bzw. Gesetzmäßigkeit des Krieges dar (Regelmaß des Marschschrittes).

Gegensatz zwischen formaler Regelmäßigkeit und inhaltlich geschilderter Zerstörung

- Die Auswirkungen des Krieges unterstreichen lautlich **Alliterationen** wie z. B. „Und es **s**challet, wenn das **s**chwarze Haupt er **s**chwenkt“ (V. 15), „**F**egt er in die **F**euerhaufen, dass die **F**lamme brenne mehr“ (V. 32).
- Auch inhaltliche Parallelismen in kontrastierender Funktion (vgl. V. 1–12 und V. 33–40: der Krieg steht „aus Gewölben tief“, V. 2, auf, die Stadt versinkt „in des Abgrunds Bauch“, V. 38) verstärken die Folgen des Krieges. Weitere Kontraste sind: Der Krieg zerdrückt den am Himmel stehenden Mond (vgl. V. 4), in V. 40 schwenkt er „in wilde Himmel dreimal seine Fackeln“, dem Lärm der Stadt (vgl. V. 5) steht deren Lautlosigkeit (vgl. V. 38) gegenüber, „Eis“ (V. 7) wird zu „Feuer“ (V. 44).
- Das Niederbrennen des Waldes wird mit einem Vergleich – „wie ein Köhlerknecht“ (V. 35) – verdeutlicht, Inversion und Anapher in V. 1 f. betonen das Aufstehen, das durch die Wiederholung besonders bedrohlich wirkt. Eine weitere Inversion in V. 17 hebt die Unbesiegbarkeit des Krieges hervor.

Weitere sprachliche und formale Mittel, die in Bezug zu vermuteter Intention und Wirkung gesetzt werden, sind:

- → **Farbsymbole**, die mit dem Unheimlichen (schwarz, vgl. V. 4, V. 15, V. 22, V. 27) und dem Zerstörungswerk (gelb, vgl. V. 37) assoziiert werden können.
- → Syntax: kurze Sätze als Ausdruck der Verwirrung und Ratlosigkeit (vgl. V. 8) und des beginnenden Schreckens (vgl. V. 10), längere Sätze als erzählende Auflistung des Zerstörungswerks.
- → Gebrauch der Pronomina: „er" (V. 1, V. 3, V. 13, V. 17, V. 22, V. 25, V. 32, V. 35, V. 43) für Krieg, „es" bzw. „ihr" (V. 5, V. 9, V. 12) für das Zerstörungswerk und „sie" (V. 8) für die Menschen; verdeutlichen insbesondere die Anonymität des Kriegs und die Ohnmacht der seinem Schrecken ausgelieferten Menschen.
- → Vergleich/Anspielung in V. 44: die Anspielung auf die alttestamentliche Erzählung von der Zerstörung von Sodom und Gomorrha wirft die Schuldfrage auf (Hinweis auf das ambivalente Verhältnis des Expressionismus zur Großstadt: Mischung aus Faszination und Erschrecken an ihrer imaginierten Vernichtung).

Expressionistische Lyrik zeigt das wahre Gesicht des Krieges

Während das wilhelminische Bürgertum in seinen Großmachtfantasien noch vom **Krieg als Abenteuerurlaub für echte Männer** träumte, offenbart Heyms ebenso prophetisches wie zeitloses Gedicht bereits dessen wahres Gesicht. Besonders in der letzten Strophe und in dem Bild der „Wüstenein" (V. 42) kann sich der heutige Leser an das von Atombomben zerstörte Hiroshima oder Nagasaki erinnert sehen. Vielleicht lässt sich aus dem Gedicht ein Appell herauslesen, angesichts des Grauens und der Zerstörung, die ein Krieg unweigerlich zur Folge hat, alles Menschenmögliche zu seiner Verhinderung zu unternehmen. Möglicherweise denkt Heym hier aber auch eher pessimistisch und stellt die Unabwendbarkeit des Krieges und seiner Herrschaft über den Menschen dar.

Stichworte:

- → Vorwegnahme der Kriegsschrecken
- → Personifizierung des Krieges
- → Verwendung ausdrucksstarker Adjektive und Verben
- → zehn vierzeilige Strophen mit Paarreim und jeweils sechshebigem Trochäus mit männlichen Kadenzen
- → Gegensatz zwischen formaler Regelmäßigkeit und inhaltlich geschilderter Zerstörung
- → Alliterationen und Parallelismen verstärken den Kontrast
- → Farbsymbole
- → Syntax und Gebrauch der Pronomina
- → biblische Anspielung (Sodom und Gomorrha, Schuldfrage)

Der Schrecken des Krieges gehört zu den am häufigsten gestalteten Themen der expressionistischen Gedichte. Ein eindrucksvolles Beispiel dafür ist auch das folgende Gedicht von Ernst Stadler, das im Schlussvers eine Vergebungsperspektive entfaltet, die mit dem Blick eines Toten verbunden wird:

Ernst Stadler (1883–1914)
***Sterben* (1914)**

Das Blut sickert schüchtern durch den Rock.
Ruhig welken die schmutzigen, grauen Glieder.
Lippen sind blasser und dünner, Nasen spitzer.
Auf geglätteten Stirnen glänzt der Schweiß.

Augen öffnen sich, alle mit gleichem Blick.
Die sind alle wie blau, alle sanft und groß,
Voll unendlicher Ferne und Güte;
Und vergeben der Welt und uns das höllische Treiben.

Georg Heym (1887–1912)

Beispiele: Vergleich von Georg Heyms *Die Stadt* (1911) und Rolf Dieter Brinkmanns *Gedicht* (1975)

Georg Heym
***Die Stadt* (1911)**

Sehr weit ist diese Nacht. Und Wolkenschein
Zerreißet vor des Mondes Untergang.
Und tausend Fenster stehn die Nacht entlang
Und blinzeln mit den Lidern, rot und klein.

Wie Aderwerk gehn Straßen durch die Stadt,
Unzählig Menschen schwemmen aus und ein,
Und ewig stumpfer Ton von stumpfem Sein
Eintönig kommt heraus in Stille matt.

Gebären, Tod, gewirktes Einerlei,
Lallen der Wehen, langer Sterbeschrei,
Im blinden Wechsel geht es dumpf vorbei:

Und Schein und Feuer, Fackeln rot und Brand,
Die drohn im Weiten mit gezückter Hand
Und scheinen hoch von toter Wolkenwand.

Georg Heym (1887–1912)

Rolf Dieter Brinkmann
***Gedicht* (1975)**

Zerstörte Landschaft mit
Konservendosen, die Hauseingänge
leer, was ist darin? Hier kam ich

mit dem Zug nachmittags an,
zwei Töpfe an der Reisetasche
festgebunden. Jetzt bin ich aus

den Träumen raus, die über eine
Kreuzung wehn. Und Staub,
zerstückelte Pavane[16], aus totem

Neon, Zeitungen und Schienen
dieser Tag, was krieg ich jetzt,
einen Tag älter, tiefer und tot?

Wer hat gesagt, dass sowas Leben
ist? Ich gehe in ein
anderes Blau.

Georg Heym und Rolf Dieter Brinkmann (1942–1975), ein Lyriker der **Postmoderne**, sind beide bereits in jungen Jahren ums Leben gekommen; Brinkmann starb mit 33 Jahren bei einem Autounfall. In den für den Vergleich ausgewählten Gedichten, *Die Stadt* und *Gedicht*, haben sich beide Schriftsteller als junge Menschen mit dem Thema „Stadt“ auseinandergesetzt. Bei der Gestaltung des

16 Langsamer Schreittanz, in der Musik der Einleitungssatz einer Suite.

Georg Heym (1887–1912)

Themas finden sich sowohl in formaler als auch in inhaltlicher Hinsicht Gemeinsamkeiten und Unterschiede.

Gemeinsamkeiten und Unterschiede

Zunächst soll **Heyms *Die Stadt*** näher betrachtet werden. Das Gedicht folgt der traditionellen Sonettform: In den Quartetten, dem Aufgesang, werden Beobachtungen formuliert, in den Terzetten, dem Abgesang, werden die Beobachtungen gedeutet.

1. Quartett	Das Gedicht setzt ein mit einer Naturbeschreibung: Es ist Nacht, die Wolken ziehen am untergehenden Mond vorbei, der die Stadt beleuchtet.
2. Quartett	Im zweiten Quartett steht die Stadt mit ihrer Vielzahl von Straßen und Menschen im Mittelpunkt der Beschreibung. Ein aus der Stadt kommender dumpfer Ton wird wahrgenommen.
1. Terzett	Das Leben der Menschen verläuft im fortwährenden Ablauf von Geburt und Tod.
2. Terzett	In der Ferne wird eine Bedrohung durch vernichtendes Feuer wahrgenommen.

Als Aussage lässt sich formulieren, dass das in der Stadt geregelte Dasein der Menschen, das mit seinen natürlichen Abläufen als eintönig empfunden wird, bedroht zu sein scheint. Die Bedrohung wird nicht näher benannt; sie manifestiert sich in der Metapher des Feuers.

Die sprachlichen und formalen Mittel unterstützen die subjektiven Wahrnehmungen der Stadt. Die Wortwahl nimmt die im letzten Terzett gestaltete Bedrohung in Attributen und sprachlichen Bildern auf, die auf Gewalt und Zerstörung hindeuten.

Im Einzelnen sind die folgenden **sprachlichen und formalen Mittel** festzustellen:

→ Sonett als Gedichtform: Grund für die Wahl dieser traditionellen, vor allem im Barock beliebten Form ist möglicherweise die mit den Barocklyrikern geteilte Erfahrung von Bedrohung und Vernichtung.

- Metrum, Reim, Rhythmus: fünfhebiger Jambus (statt traditionellem Alexandriner), umschließender Reim in den Quartetten (allerdings nicht nach dem traditionellen Schema abba abba, sondern abba cddc), Haufenreim in den Terzetten (traditionellerweise findet sich ein Schweifreim, zumindest greifen die Reime in den Terzetten ineinander), fließender Rhythmus: Im Gegensatz zum traditionellen Sonett handelt es sich um eine vereinfachte Form, eventuell als formale Realisierung der zum Ausdruck kommenden Monotonie des Lebens (diese Deutung wird auch durch die monoton wirkende parataktische Syntax unterstützt), die Terzette wirken als abgeschlossene Einheiten.
- Enjambement (vgl. z. B. V. 1 f., V. 7 f., V. 8–10, V. 11 f.): Ausdruck der Dynamik (Aufreißen der Wolken, der aus der Stadt kommende Ton, das vernichtende Feuer).
- Personifizierung („Fenster (...) blinzeln mit den Lidern", V. 3 f., „Und Schein und Feuer (...) drohn", V. 11 f.), Vergleich (vgl. V. 5), Aufzählung (vgl. V. 8–10), Metapher („schwemmen", V. 6), Farbsymbol („rot", V. 4), Anapher (vgl. V. 3 f.): Stadt als lebender Körper.
- Alliteration und Farbsymbol („Feuer, Fackeln rot", V. 12), o-Assonanz („rot", „drohn", „hoch", „toter", V. 12–14): Verstärkung der wahrgenommenen Bedrohung.
- Inversion (vgl. V. 1, V. 7 f.): Unterstreichung des frühen Morgens bzw. hervorgehobene Betonung der wahrgenommenen Eintönigkeit – auch die Alliteration: „stumpfe(s) Sein" (V. 7) und „Stille" (V. 8), die Wiederholung von „stumpf" (V. 7) sowie von „und" (V. 1, V. 3 f., V. 7, V. 11, V. 13) heben die Monotonie hervor.
- Bilder der angekündigten Zerstörung: Im ersten Quartett wird Zerstörung durch die Wortwahl angekündigt; das „Zerreißen" (vgl. V. 2) des Wolkenscheins, der Untergang des Mondes (vgl. V. 2) stehen in inhaltlicher Verbindung mit dem letzten

Terzett, das explizit die drohende Vernichtung in Farbsymbolik („rot“, V. 12) und Wortwahl („drohn“, V. 13, „tot“, vgl. V. 14) ankündigt.

Die zentralen Bilder und Symbole sind mit dem **Thema „Großstadt“** und den darin lebenden Menschen verknüpft: Die Stadt wird als organisches Leben betrachtet, das über Augen („Fenster“, V. 3), die mit den Lidern blinzeln können (vgl. V. 4), und über ein Aderngeflecht aus Straßen (vgl. V. 5) verfügt. Das Farbsymbol „rot“ (V. 4) deutet auf die Farbe von Blut hin und steht ganz allgemein für Leben und Fruchtbarkeit, aber auch für Gefahr. Die Menschen, die in der Stadt ein- und ausgehen, werden als „Aus- bzw. Einschwemmungen“ (vgl. V. 6) bezeichnet. Die **Assoziation mit einem lebenden Organismus**, der Nahrung aufnimmt, ihre Bestandteile verwertet und den Rest ausscheidet, liegt nahe. Somit ist in diesem Gedicht nicht die Stadt für den Menschen da, sondern umgekehrt: Die Menschen dienen dazu, die Stadt am Leben zu erhalten und werden zu diesem Zweck gleichgültig verwertet.

Menschen nur Nahrung für den Moloch Großstadt

Das menschliche Leben wird als monoton empfunden: Der Mensch wird als Bestandteil einer Masse gesehen. Diese Masse ist einem **permanenten Kreislauf von Werden und Vergehen** unterworfen. Die einzigen Artikulationen dieser Masse sind instinktive Laute beim Gebären und beim Sterben (vgl. V. 9). Der permanente Kreislauf wird als eintönig, als „stumpf“ (V. 7), „matt“ (V. 8), „dumpf“ (V. 10) und als „blinde(r) Wechsel“ (V. 10) empfunden. Für Individualität ist kein Platz. Die Menschen, die in dieser Weise ihr „stumpfe(s) Sein“ (V. 7) leben, scheinen für die im letzten Terzett angekündigte Bedrohung nicht empfänglich zu sein.

Georg Heym (1887–1912)

Stichworte:

- → Sonett (fünfhebiger Jambus, umschließender und Haufenreim, fließender Rhythmus)
- → Personifizierungen, Alliterationen, Farbsymbole, Inversionen
- → Bilder der angekündigten Zerstörung
- → Großstadt als lebender Organismus, als Ort monotonen Dahinlebens
- → Menschen als verwertbare Nahrung
- → permanenter Kreislauf von Werden und Vergehen

Der postmoderne Text ***Gedicht*** **von Rolf Dieter Brinkmann** folgt keiner traditionellen Form. Es besteht aus fünf dreizeiligen Versgruppen, die durch vers- und strophenübergreifende Enjambements verbunden sind. In der ersten Versgruppe wird eine zerstörte Landschaft erwähnt. Das lyrische Ich erzählt, dass es nachmittags in einem nicht näher bezeichneten Ort angekommen ist. Dort fällt ihm auf, dass die Hauseingänge leer sind. An seiner Reisetasche hat das lyrische Ich zwei Töpfe befestigt. Am Ende der zweiten Versgruppe wechselt das Tempus wieder und das lyrische Ich stellt fest, dass es nicht mehr träumt. Es konstatiert in der vierten Versgruppe, dass es einen Tag älter geworden sei und sich tot fühle. In der Suggestivfrage nach demjenigen, der eine solche Existenz als „Leben“ bezeichnet hat, kommt seine Unzufriedenheit mit seinem Zustand heraus. Am Ende der letzten Versgruppe steht der Entschluss des lyrischen Ichs, wieder aufzubrechen. Sein Ziel ist in die Metapher des „andere(n) Blau“ (V. 15) gekleidet.

Postmodernes Individuum: Suche nach dem eigenen Weg

Als Aussage des Gedichtes könnte formuliert werden: Vorgefertigte Antworten werden als nicht lebenserfüllend akzeptiert, das Individuum will sich einen eigenen Weg suchen.

Die **sprachlichen und formalen Mittel** unterstützen die subjektiven Wahrnehmungen der Stadt, insbesondere die Desillusionierung und die Neuorientierung des suchenden lyrischen Ichs. Im Einzelnen sind die folgenden poetischen Mittel festzustellen:

→ Das Gedicht folgt keinem traditionellen Schema, es ist reimlos, das Metrum ist unregelmäßig, der Rhythmus frei. Es wirkt wie **optisch gegliederte Prosa**. Auch die Enjambements unterstützen diesen Eindruck, die in jedem Vers zu finden sind und auf die fortlaufende (Wander-)Bewegung des lyrischen Ichs hindeuten. Der Verzicht auf ein regelmäßiges Metrum und auf Reim drückt Nüchternheit und Eigenwillen aus.

→ Fragesätze (vgl. V. 3, V. 11 f., V. 13 f.): Die nicht beantworteten Fragesätze kennzeichnen das suchende Ich. In V. 2 f. stellt es fest, dass die Hauseingänge leer sind, dennoch fragt es danach, was in ihnen sein könnte (**Paradoxon**). In V. 11 will es wissen, was es vom Leben noch erwarten kann. In V. 13 f. distanziert es sich von der allgemeinen Annahme, dass das erlebte Leben den Namen „Leben" überhaupt verdient.

→ Tempuswechsel (vgl. V. 1–3 und V. 3–5) zur Markierung eines vergangenen Zustands, in dem noch geträumt worden ist, und eines gegenwärtigen Zustands, in dem die Träume längst der Ernüchterung gewichen sind. V. 15 ist futurisch als Aufbruch zu einer anderen Art von Leben zu verstehen.

→ **Alltagssprache** (in V. 11 mit „krieg" sogar Umgangssprache), Ellipse (vgl. V. 1–3, V. 5 f., V. 8 f.), Wiederholung (vgl. V. 6, V. 11 und V. 9, V. 12): Nüchternheit der Beobachtungen, Verzicht auf Feierlichkeit angesichts der Enttäuschung.

→ Aufzählung/Trias: „Neon, Zeitungen und Schienen" (V. 10) als jeweils Pars pro Toto für die Zivilisation und ihre Künstlichkeit; „älter, tiefer und tot" (V. 12) als klimaxartige Aufzählung des desillusionierenden Seinszustands.

→ Symbol („Töpfe“, V. 5): Das lyrische Ich kommt mit der Erwartung, in der Stadt zu leben, eine neue Heimat zu finden.

Die zentralen Bilder und Symbole sind auch im Brinkmann-Text mit dem Thema „Stadt“ verbunden: Die Umwelt wird in V. 1 f. als verschmutzt erlebt, sie wird sogar als „zerstört“ (V. 1) bezeichnet. Die „Konservendosen“, die wohl achtlos in die Landschaft geworfen worden sind, wirken als Symbol für Zivilisationsmüll, der sich in der Natur wiederfinden lässt. Das Bild von den leeren Hauseingängen (vgl. V. 2 f.) deutet auf Verlassenheit und Isolation hin; die **anonyme Existenz** scheint ein Charakteristikum des Stadtlebens zu sein.

Symbole „Kreuzung“ und „Staub“

Die Symbole „Kreuzung“ und „Staub“ (vgl. V. 8 ff.) stellen eine Situation dar, in der eine Entscheidung über den weiteren Lebensweg zu erfolgen hat. Der Staub ist das, was von feierlichen Träumen („Pavane“, V. 9) übrig geblieben ist; er setzt sich aus Zivilisationsbestandteilen zusammen. Die Entscheidung beinhaltet das Nachdenken über mögliche neue Ziele: Das **Farbsymbol „blau“** (V. 15), das der Romantik als Erfüllung der Sehnsucht, dem Expressionismus als Todesfarbe gilt, steht für ein solches neues Ziel. Mit der Romantik verbindet Brinkmanns Gedicht auch das Wandermotiv (vgl. z. B. Joseph Freiherr von Eichendorffs *Rückkehr*). In welcher Weise das „Blau“ konkret auszudeuten ist, bleibt offen; zu denken wäre an das Leben bereichernde Erfahrungen, z. B. Mitmenschlichkeit, Freundschaft, vielleicht aber auch an Selbstmord. Klar ist nur, dass das lyrische Ich die von der Zivilisation angebotenen Sinnantworten ablehnt.

Georg Heym (1887–1912)

Stichworte:

- → keine traditionelle lyrische Form, reimlos, freier Rhythmus
- → Stadt steht für Einsamkeit, Isolation, Zerstörung, Zivilisationsmüll
- → Absage an vorgefertigte Antworten
- → Suche des Individuums nach eigenem Weg
- → Fragesätze, Tempuswechsel, Alltagssprache
- → Symbole (Töpfe, Konservendosen), Farbsymbol (blau)

Fasst man die Ausführungen zu einem zusammenfassenden Vergleich zusammen, so ergeben sich die folgenden formalen, inhaltlichen und epochentypischen Aspekte:

Vergleich Expressionismus–Postmoderne

- → **formal:** Während sich Heyms *Die Stadt* formal der traditionellen Sonettform annähert und sie an einzelnen Stellen modifiziert, verzichtet Brinkmanns *Gedicht* auf die Aufnahme traditioneller Formen, indem es als optisch gegliederte Prosa erscheint, die eine große Zahl von Assoziationen zulässt. In beiden Gedichten kommen poetische Mittel zum Einsatz, der Sinngehalt erschließt sich durch die Deutung der zentralen sprachlichen Bilder und Symbole.
- → **inhaltlich:** In beiden Gedichten wird die Stadt zum Thema. Bei Heym ist sie der Ort von monotonem Dahinleben, bei Brinkmann wird sie als Ort der Isolation und der Vereinsamung erfahren. Die Zukunftsperspektive ist bei Heym durch die drohende Zerstörung gekennzeichnet; bei Brinkmann scheint das Ende zumindest vage optimistisch, indem es den Wunsch des lyrischen Ichs artikuliert, sich ein neues Ziel zu suchen. Der Titel von Heyms Gedicht verweist symbolisch auf den Ort, wo menschliches Leben in Gleichförmigkeit erfahren wird. Brinkmanns Titelwahl *Gedicht* lässt in Bezug auf die inhaltliche Betonung keine eindeutige Festlegung zu.

→ **epochentypisch:** Heyms Gedicht lässt sich sprachlich und inhaltlich dem Expressionismus zuordnen. Kriterien dafür sind u. a. Ausdruck des inneren Erlebens, Pathos, Ekstase, Wiedergabe subjektiv-sinnlicher Eindrücke, subjektive Überhöhung des Realen, Darstellung von Orten des Inhumanen (Stadt als beliebtes Thema, vgl. z. B. Alfred Wolfensteins *Städter*), Vorstellung eines neuen Menschen. Die drohende Zerstörung könnte auf den von sensiblen Dichtern wie Heym vorausgesehenen Ersten Weltkrieg vorausweisen, der von Künstlern zunächst fatalerweise als eine Art notwendige „Reinigung“ betrachtet wurde, die überkommene gesellschaftliche Strukturen zerstören und Platz für eine neue Gesellschaftsform und einen „neuen Menschen“ machen sollte. Brinkmanns „Gedicht“ ist der Postmoderne zuzurechnen: Das lyrische Ich stellt das suchende Individuum in den Mittelpunkt, das sich kritisch mit den vorgegebenen Sinnangeboten der Gesellschaft auseinandersetzt. Ohne Hoffnung auf religiösen Trost sucht das Ich am Ende seinen Weg selbst. Trotz der das Gedicht bestimmenden resignativen Haltung lässt sich neue Hoffnung und neues Selbstvertrauen am Ende erspüren. Der postmoderne Mensch vertraut darauf, dass er aus eigener Kraft aktiv sein Leben und die damit zusammenhängenden Probleme meistern kann. In diesem Menschenbild kann auch ein Appell enthalten sein, sich aus fatalistischer Lethargie zu lösen und sich für gesellschaftliche Veränderungen einzusetzen.

Georg Trakl (1887–1914)

Kurzbiografie und Werk

Georg Trakl zählt mit seinen **schwermütig-melancholischen Gedichten** zu den berühmtesten Vertretern des Frühexpressionismus. Seine Lyrik ist von Trauer, Resignation, Untergangsahnung, der Erfahrung der Unbehaustheit und einer Faszination für das Morbide geprägt. Auch das inzestuöse Verhältnis zu seiner jüngeren Schwester Margarethe wird in vielen seiner Werke thematisiert. Trakls Gedichte drücken die Empfindungen des **bedrohten Individuums** aus, das aus der Harmonie mit der Umwelt gerissen ist. Trakls sprachliche Bilder sind zum Teil hermetisch verdichtet und entziehen sich einer logisch-rationalen Erklärung. Seine Texte drücken Stimmungen aus, die zwischen Vergänglichkeitserfahrung und Lebenshunger angesiedelt sind. Der **Reihungsstil** sowie eine reiche **Farbmetaphorik** sind ebenfalls für Trakls Werk charakteristisch.

KURZBIOGRAFIE

Traumatische Kriegserfahrungen

Trakl wurde am 3. Februar 1887 in Salzburg geboren. Nach dem Abgang vom Gymnasium arbeitete er in einer Apotheke, später studierte er Pharmazie. Auch wenn er ab 1911 als Apotheker zu arbeiten begann, änderten sich seine beruflichen Pläne häufig. Erste Gedichte und Dramenfragmente entstanden bereits zur Gymnasialzeit. 1914 wurde Trakl als **Militärapotheker** zum Kriegsdienst eingezogen. Die **Kriegserfahrungen**, insbesondere die Erfahrung von Gräuel und Ohnmacht, als Trakl nach der Schlacht bei Gródek (heute Horodok in der Ukraine) als Sanitätsfähnrich alleine knapp hundert Schwerverletzte versorgen musste und keine medizinischen Mittel dafür hatte, verkraftete der Dichter nicht. Kurz danach, am 3. November 1914, schied Trakl, der schon früh mit Drogen und Alkohol zu experimentieren begonnen hatte, in einem Krakauer Garnisonsspital nach einer Überdosis Kokain aus dem Leben.

WERK

1913 erschienen erste Werke in der Innsbrucker Literaturzeitschrift *Der Brenner*, noch im selben Jahr Trakls einzige Buchveröffentlichung *Gedichte* in der von Kurt Wolff herausgegebenen Reihe *Der jüngste Tag* in Leipzig. Leiden und Tod sind bestimmende Themen seiner Gedichte. *Grodek* (1914, 2. Fassung), sein berühmtestes Gedicht, steht dafür exemplarisch:

Am Abend tönen die herbstlichen Wälder
Von tödlichen Waffen, die goldnen Ebenen
Und blauen Seen, darüber die Sonne
Düstrer hinrollt; umfängt die Nacht
Sterbende Krieger, die wilde Klage
Ihrer zerbrochenen Münder.
Doch stille sammelt im Weidengrund
Rotes Gewölk, darin ein zürnender Gott wohnt,
Das vergossne Blut sich, mondne Kühle;
Alle Straßen münden in schwarze Verwesung.
Unter goldnem Gezweig der Nacht und Sternen
Es schwankt der Schwester Schatten durch den schweigenden Hain,
Zu grüßen die Geister der Helden, die blutenden Häupter;
Und leise tönen im Rohr die dunkeln Flöten des Herbstes.
O stolzere Trauer! ihr ehernen Altäre
Die heiße Flamme des Geistes nährt heute ein gewaltiger Schmerz,
Die ungebornen Enkel.

Georg Trakl (1887–1914)

Beispiel: *In ein altes Stammbuch* (1913)

Immer wieder kehrst du Melancholie,
O Sanftmut der einsamen Seele.
Zu Ende glüht ein goldener Tag.

Demutsvoll beugt sich dem Schmerz der Geduldige
Tönend von Wohllaut und weichem Wahnsinn.
Siehe! es dämmert schon.

Wieder kehrt die Nacht und klagt ein Sterbliches
Und es leidet ein anderes mit.

Schaudernd unter herbstlichen Sternen
Neigt sich jährlich tiefer das Haupt.

Inhalt

Die **Melancholie**, die Traurigkeit, ist das beherrschende Gefühlserlebnis, das Trakl in seinem Gedicht *In ein altes Stammbuch* gestaltet. Der Inhalt ist schnell skizziert: Am Ende eines Tages kehrt die Melancholie zum Sprechenden zurück, der sich ihr voller Demut hingibt. Während es Nacht wird, leiden Menschen klagend. Die Melancholie nimmt mit den verstreichenden Jahren zu. Das Hereinbrechen der Nacht lässt sich als Metapher für die zu Ende gehende menschliche Existenz verstehen. Angesichts der eigenen Vergänglichkeit trauert der Mensch.

Die verwendeten **sprachlichen und formalen Mittel** unterstützen die Aussage:

→ Daktylen und Trochäen mit drei oder fünf Hebungen bestimmen die vier Strophen, die insgesamt an ein Sonett erinnern.

→ Die Sprache ist zwar reimlos, aber dennoch feierlich. In jeder Strophe stehen Natureindruck (das Außen) und Gefühlsausdruck (das Innen) nebeneinander. In der letzten Strophe ist der Gefühlsausdruck als resignierende Zukunftsperspektive gestaltet.

→ Die Enjambements in V. 1 f. und V. 4 f. verdeutlichen die Bewegung der zurückkehrenden Melancholie bzw. des sich dem Schmerz beugenden Geduldigen.

→ Die Alliterationen „Wohllaut und weichem Wahnsinn" (V. 5) und „O Sanftmut der einsamen Seele" (V. 2) drücken die Zartheit aus, mit der die Melancholie vom Sprechenden Besitz ergreift.

→ In der Metapher „Zu Ende glüht ein goldener Tag" (V. 3, vgl. auch V. 6 und V. 9) wird die innere Befindlichkeit des Sprechenden verbalisiert. Die Metapher „herbstliche( ) Sterne( )" (V. 9) lässt sich assoziativ als der Herbst des Lebens erschließen und ist eine Vision der Vergänglichkeit. Auch die Metapher des sich jährlich tiefer neigenden Kopfes (vgl. V. 10) lässt das Herannahen des Todes vermuten.

Bezieht man die Aussage des Gedichtes auf den Titel „Stammbuch", so könnte man annehmen, dass die Melancholie als ein ererbtes, dem Sprechenden von Geburt an mitgegebenes Gefühl betrachtet wird, das ihn zeitlebens beherrscht, gleichsam in sein „Familienstammbuch" eingetragen ist. Dass das Gedicht auch das Lebensgefühl Trakls ein Stück weit widerspiegelt, lässt sich vermuten, zieht man eine Stelle aus einem Brief an seinen Gönner und Freund Ludwig von Ficker aus dem Jahre 1913 heran:

Melancholie als Grundgefühl des Lebens

> „Ich sehne den Tag herbei, an dem die Seele in diesem unseligen, von Schwermut verpesteten Körper nicht mehr wird wohnen wollen und können, an dem sie diese Spottgestalt aus Kot und Fäulnis verlassen wird, die ein nur allzu getreues Spiegelbild eines gottlosen, verfluchten Jahrhunderts ist."[17]

17 Trakl, *Dichtungen und Briefe, Bd. 1*, S. 519.

Georg Trakl (1887–1914)

Stichworte:

- → Thema Vergänglichkeit
- → Daktylen und Trochäen mit drei oder fünf Hebungen
- → Aufbau ähnelt Sonettform
- → reimlose, aber feierliche Sprache

Beispiel: *Verfall* (1909)

Am Abend, wenn die Glocken Frieden läuten,
Folg ich der Vögel wundervollen Flügen,
Die lang geschart, gleich frommen Pilgerzügen,
Entschwinden in den herbstlich klaren Weiten.

Hinwandelnd durch den dämmervollen Garten
Träum ich nach ihren helleren Geschicken
Und fühl der Stunden Weiser kaum mehr rücken.
So folg ich über Wolken ihren Fahrten.

Da macht ein Hauch mich von Verfall erzittern.
Die Amsel klagt in den entlaubten Zweigen.
Es schwankt der rote Wein an rostigen Gittern,

Indes wie blasser Kinder Todesreigen
Um dunkle Brunnenränder, die verwittern,
Im Wind sich fröstelnd blaue Astern neigen.

Hatte die Romantik in der **Natur** noch die Anwesenheit des Göttlichen erspüren können, so führt hundert Jahre später in der expressionistischen Gestaltung des gleichen Motivs das Betrachten der Natur nur zur trostlosen **Erfahrung von Einsamkeit und**

Vergänglichkeit. Trakls frühes Sonett *Verfall* thematisiert diese Memento-Mori-Erfahrung bereits in seinem Titel.

Im ersten Quartett hört das lyrische Ich die abendlichen Kirchenglocken und folgt mit dem Blick den davonfliegenden Vögeln. Im zweiten Quartett begleitet das lyrische Ich in seiner Phantasie die Vögel weiter auf ihrem Flug, wobei es die verrinnende Zeit kaum mehr bemerkt. Im ersten Terzett erinnern der Gesang der Amsel und die roten Blätter der Reben an die Vergänglichkeit; diesen Eindruck unterstützen im zweiten Terzett blaue Astern. Das lyrische Ich kann die Entgrenzung seines Welteindrucks somit nur kurz im Traum erleben; angesichts der Vergänglichkeit verfällt es am Ende in Resignation. Damit ließe sich als Aussage des Gedichtes beispielsweise formulieren, dass Traum und Phantasie die Wirklichkeit nur kurz zu überwinden vermögen, als Vergänglichkeit kehrt die Realität am Ende doch wieder in das Bewusstsein des Menschen zurück.

Lyrisches Ich verfällt angesichts der Vergänglichkeit in Resignation

Die verwendeten **sprachlichen und formalen Mittel** unterstützen die positive Naturerfahrung der Quartette bzw. die Wahrnehmung des Verfalls in den Terzetten:

→ Mit der Sonettform (fünfhebiger Jambus, weibliche Kadenzen, umarmender Reim in Quartetten, erweiterter Reim mit Reimform ababab bzw. Kreuzreim in den Terzetten) wird auch strukturell eine Trennung in positive Naturerfahrung und Wahrnehmung des Verfalls vorgenommen.

→ Der Vergleich „gleich frommen Pilgerzügen“ (V. 3) erweitert und überhöht den Natureindruck ins Religiöse.

→ Positiv besetzte Adjektive, z. B. wundervoll (vgl. V. 2), fromm (vgl. V. 3), klar (vgl. V. 4) oder hell (vgl. V. 6), drücken die positive Naturerfahrung aus. Dagegen stehen negativ besetzte Adjektive, Verben und Substantive, wie z. B. „Verfall“ (V. 9), „erzittern“ (V. 9), „klagt“ (V. 10), „entlaubten“ (V. 10), „schwankt“ (V. 11), „rostigen Gittern“ (V. 11), „blasser (…) Todesreigen“

(V. 12), „dunkle“ (V. 13), „verwittern“ (V. 13) zum Ausdruck der Wahrnehmung des Verfalls und des Todes.

- → Auffallend ist, dass mit dem Sehnsuchtsmotiv und dem Traum im zweiten Quartett und dem Abendmotiv im ersten Quartett Bilder beansprucht werden, die an romantische Gedichte erinnern.
- → Im Enjambement (vgl. V. 1 f., V. 2 f.) wird die Bewegung der Vögel verdeutlicht.
- → Eine Steigerung erfährt die Wahrnehmung des Verfalls in dem Vergleich „wie blasser Kinder Todesreigen“ (V. 12), der zu den „frommen Pilgerzügen“ (V. 3) in scharfem Kontrast steht.
- → Die Projektion des eigenen emotionalen Zustands, der Ausdruck der Innenwelt des lyrischen Ichs, wird schließlich in den Personifizierungen „Die Amsel klagt in den entlaubten Zweigen“ (V. 10) und „Im Wind sich fröstelnd blaue Astern neigen“ (V. 14) sichtbar.

Die **Sonettform**, an der sich Trakl orientiert, war eine beliebte Gedichtform des Barock. Ist dort jedoch die Erfahrung der Vergänglichkeit in den Quartetten und der Trost, die Hinwendung zu Gott, in den Terzetten zu lesen, so finden wir diese Reihenfolge im expressionistischen Gedicht Trakls beinahe umgekehrt. Sein Gedicht vermag **keinen Trost** mehr zu geben: Es klingt aus mit der resignierenden Erfahrung von Verfall und Tod.

Stichworte:

- → Natur als Erfahrung von Einsamkeit und Vergänglichkeit
- → Sonettform
- → positiv und negativ besetzte Adjektive
- → Personifizierungen als Projektion des eigenen emotionalen Zustands
- → anders als im Barock keine Hoffnung auf religiösen Trost

Expressionistische Gedichte behandeln das Thema „Vergänglichkeit" zumeist völlig ohne Transzendierung bzw. tröstlichen Hinweis auf ein göttliches Jenseits. Stattdessen wird der Appell mit zum Teil kühner Metaphorik formuliert. Hier ein Beispiel für ein solches Gedicht von einem Autor, der im nächsten Abschnitt behandelt wird:

Appell mit zum Teil kühner Metaphorik

Alfred Lichtenstein
***Nebel* (1913)**

Ein Nebel hat die Welt so weich zerstört.
Blutlose Bäume lösen sich in Rauch.
Und Schatten schweben, wo man Schreie hört.
Brennende Biester schwinden hin wie Hauch.

Gefangne Fliegen sind die Gaslaternen.
Und jede flackert, dass sie noch entrinne.
Doch seitlich lauert glimmend hoch in Fernen
Der giftge Mond, die fette Nebelspinne.

Wir aber, die, verrucht, zum Tode taugen,
Zerschreiten knirschend diese wüste Pracht.
Und stechen stumm die weißen Elendsaugen
Wie Spieße in die aufgeschwollne Nacht.

Alfred Lichtenstein (1889–1914)

Kurzbiografie und Werk

Die Gedichte Alfred Lichtensteins beschreiben eine als ausweglos empfundene, **unmenschliche Welt**. Sein 1911 in der Zeitschrift *Der Sturm* erschienenes Gedicht *Die Dämmerung* wirkte bei seinem Erscheinen für die neue Dichtergeneration wie ein Fanal. Die Konfrontation des spektakulär Inhumanen und der ausgedrückten Verzweiflung mit banalen Aussagen und Trivialisierungen erzeugt in Lichtensteins Lyrik oft den Eindruck des **Grotesken**.

KURZBIOGRAFIE

Alfred Lichtenstein wurde am 23. August 1889 als Sohn eines jüdischen Unternehmers in Berlin geboren. Nach dem Abitur im Jahre 1909 studierte er Rechtswissenschaft in Berlin und Erlangen; zugleich veröffentlichte er erste Gedichte. Nach seiner Promotion in Rechtswissenschaften 1913 diente Lichtenstein als Soldat in einem bayerischen Infanterieregiment. Lichtenstein fiel bereits kurz nach Kriegsbeginn am 25. September 1914 an der Westfront in der Nähe von Vermandovillers (Somme), er wurde nur 25 Jahre alt.

Tod schon kurz nach Kriegsbeginn

WERK

Lichtensteins Gedichte erschienen ab 1910 in expressionistischen Zeitschriften wie *Der Sturm* und *Die Aktion*. 1913 widmete Franz Pfemfert, der Herausgeber der *Aktion*, diesem Dichter sogar eine ganze Ausgabe seiner Zeitschrift. Eine erste Ausgabe seiner Werke erschien erst posthum 1919 (*Gedichte und Geschichten*, 2 Bände). Die Groteske als programmatisches Prinzip lässt sich exemplarisch im Gedicht *Die Fahrt nach der Irrenanstalt II* (1912) studieren, in der die Wirklichkeit als nur scheinbar friedlich entlarvt wird:

Ein kleines Mädchen hockt mit einem kleinen Bruder
Bei einer umgestürzten Wassertonne.
In Fetzen, fressend liegt ein Menschenluder
Wie ein Zigarrenstummel auf der gelben Sonne.

Zwei dünne Ziegen stehn in weiten grünen Räumen
An Pflöcken, deren Strick sich manchmal straffte.
Unsichtbar hinter ungeheuren Bäumen
Unglaublich friedlich naht das große Grauenhafte.

Beispiel: *Abschied* (1914)

Kurz vor der Abfahrt zum Kriegsschauplatz für Peter Scher
Vorm Sterben mache ich noch mein Gedicht.
Still, Kameraden, stört mich nicht.

Wir ziehn zum Krieg. Der Tod ist unser Kitt.
O, heulte mir doch die Geliebte nit.

Was liegt an mir. Ich gehe gerne ein.
Die Mutter weint. Man muss aus Eisen sein.

Die Sonne fällt zum Horizont hinab.
Bald wirft man mich ins milde Massengrab.

Am Himmel brennt das brave Abendrot.
Vielleicht bin ich in dreizehn Tagen tot.

Abendstimmung, der Aufbruch, der Schrecken des Krieges und die **Todesahnung**: Dies alles sind typische Themen expressionistischer Gedichte. Sie bieten eine so nur in dieser Epoche zu findende Mischung von gefühlsbetonter, ekstatischer Lebensstimmung und Untergangsvision wie etwa in Stadlers Gedicht *Fahrt über die Kölner Rheinbrücke bei Nacht* (vgl. S. 83 f.). Auch Alfred Lichtenstein Verse *Abschied* thematisieren eine **Vision des gewaltsamen Lebensendes** – kurze Zeit nach dem Verfassen seiner düsteren Vorahnungen in V. 8 und V. 10 wurde der Dichter tatsächlich im Krieg getötet.

Mischung von gefühlsbetonter, ekstatischer Lebensstimmung und Untergangsvision

V. 3–6 gehen von einer Aufbruchssituation aus: Gemeinsam mit den Kameraden, mit denen sich das lyrische Ich durch den zu erwartenden Tod verbunden fühlt (vgl. V. 3), zieht es in den Krieg. Zurück bleiben die weinende Mutter und die weinende Geliebte. V. 5 offenbart die Entschlossenheit, das eigene Leben bereitwillig für die ‚höhere Sache' zu opfern. Angesichts der weinenden Mutter beschwört das lyrische Ich seine emotionale Unberührtheit, könnte es doch wohl andernfalls seinen schweren Gang kaum antreten (V. 6: „Man muss aus Eisen sein."). V. 7–10 wenden den Blick zum Himmel: Die untergehende Sonne wird mit dem eigenen Untergang konnotiert, der binnen Zwei-Wochen-Frist für möglich gehalten wird (vgl. V. 10). Das Stilmittel der Groteske bestimmt dabei die Entfaltung des Themas: Das lyrische Ich geht von seinem nahen Tod aus und schreibt daher, quasi als Vermächtnis, noch ein Gedicht; es bittet die Kameraden, den Schreibprozess nicht zu stören (vgl. V. 1 f.).

Groteske

Die verwendeten **sprachlichen und formalen Mittel:**

→ Fünf zweizeilige Verse sind jeweils mit einem Paarreim verbunden.
→ Im Kontrast zu dieser formalen Ordnung steht der Inhalt, der von Krieg und dem womöglich bevorstehenden Tod des lyrischen Ichs handelt.
→ Das für Alfred Lichtensteins Werk charakteristische **Stilmittel der Groteske** zeigt sich in *Abschied* in der Konfrontation von

Leiden und Tod mit zum Teil nicht adäquater Ausdrucksweise oder Vergleichen. Beispiele dafür sind das bemüht umgangssprachliche Reimwort „nit“ (V. 4) auf „Kitt“ (V. 3), der aus dem pflanzlichen Bereich stammende Ausdruck „eingehen“ (vgl. V. 5) für „sterben“, die Metapher der herabfallenden Sonne (vgl. V. 7), die Alliteration „milde(s) Massengrab“ (V. 8) und die Personifizierung „brave(s) Abendrot“ (V. 9), das allerdings „brennt“ (V. 9). Diese Beispiele führen Assoziationen mit sich, die nur wenig zu der Stimmung der Vergänglichkeitsvision passen und die durch den Widerspruch zwischen Inhalt und Ausdruck eine groteske Wirkung erzielen. Die Todesahnung wird mit dem brennenden Abendrot metaphorisch intensiviert, gleichzeitig tituliert der Sprecher das Abendrot als unschuldig, als „brav“ (V. 9). Das Massengrab, das ein Symbol für die im Krieg vollzogene Zerstörung des Individuums ist, wird abschwächend als „milde“ (V. 8) bezeichnet.

Mittel der Groteske: Bild für die Verzweiflung, das Versagen der Logik

Das Mittel der Groteske überspielt in diesem Gedicht nicht nur die Angst des lyrischen Ichs vor dem Tod, es stellt vor allem drastisch die Unmenschlichkeit der Kriegssituation dar. Die Groteske wirkt durch **unlogisch erscheinende Zusammenstellungen**; sie ist damit ein Bild für die Verzweiflung, die der Krieg auslöst und die mit der menschlichen Logik nicht mehr fassbar ist. Die Groteske wird damit ein adäquates Mittel zur Verbildlichung des an sich nicht mehr Ausdrückbaren.

Stichworte:

→ Todesahnung, Vision eines gewaltsamen Lebensendes
→ zweizeilige Verse, Paarreim
→ Kontrast zwischen formaler Ordnung in Inhalt (Krieg)
→ Stilmittel der Groteske (inadäquate Ausdrücke und Vergleiche)

Ernst Stadler (1883–1914)

Kurzbiografie und Werk

Ernst Stadler wurde zu einer der Leitfiguren der Expressionisten, weil sich in der **Aufbruchsstimmung** seiner Gedichte eine ganze Generation wiederfand. Schon der Titel von Stadlers bekanntester Lyriksammlung, *Der Aufbruch* (1914), mit der er sich vom Impressionismus distanzierte, ist für dieses Grundgefühl symptomatisch. **„Mensch, werde wesentlich"** war eine Art Motto von Stadlers Lyrik. Im Unterschied zu dem düster-apokalyptischen Ton z.B. in den Gedichten Georg Heyms, sind Stadlers Werke von dem **Wunsch nach mystisch-rauschhafter Vereinigung** mit dem großen Ganzen geprägt.

KURZBIOGRAFIE

Ernst Stadler wurde am 11. August 1883 in Colmar als Sohn eines Staatsanwaltes geboren. Er studierte Germanistik und Anglistik in Straßburg und Oxford. Nach seiner Habilitation im Jahre 1908 lehrte er von 1912 an als Professor für deutsche Philologie in Brüssel und war Mitarbeiter der expressionistischen Zeitschrift *Die Aktion*. Als Elsässer verstand er sich als Mittler zwischen deutscher und französischer Literatur. Stadler starb als Soldat am 30. Oktober 1914 bei Ypern (Belgien) an der Westfront.

WERK

Die moderne Technik sowie die Erfahrung der Großstadt sind bei Stadler kein Anlass für Pessimismus oder Melancholie. Vielmehr werden sie positiv gedeutet, da sie **ekstatischen Lebensgenuss** bescheren wie in *Fahrt über die Kölner Rheinbrücke bei Nacht* (1914):

Ernst Stadler (1883–1914)

Der Schnellzug tastet sich
und stößt die Dunkelheit entlang.
Kein Stern will vor. Die ganze Welt ist nur ein enger,
nachtumschienter Minengang,
Darein zuweilen Förderstellen
blauen Lichtes jähe Horizonte reißen: Feuerkreis
Von Kugellampen, Dächern, Schloten,
dampfend, strömend … nur sekundenweis …
Und wieder alles schwarz.
Als führen wir ins Eingeweid der Nacht zur Schicht.
Nun taumeln Lichter her… verirrt, trostlos vereinsamt …
mehr … und sammeln sich … und werden dicht.
Gerippe grauer Häuserfronten liegen bloß,
im Zwielicht bleichend, tot –
etwas muss kommen … o, ich fühl es schwer
Im Hirn. Eine Beklemmung singt im Blut.
Dann dröhnt der Boden plötzlich wie ein Meer:
Wir fliegen, aufgehoben,
königlich durch nachtentrissne Luft, hoch übern Strom.
O Biegung der Millionen Lichter, stumme Wacht,
Vor deren blitzender Parade
schwer die Wasser abwärts rollen.
Endloses Spalier, zum Gruß gestellt bei Nacht!
Wie Fackeln stürmend! Freudiges!
Salut von Schiffen über blauer See! Bestirntes Fest!
Wimmelnd, mit hellen Augen hingedrängt!
Bis wo die Stadt
mit letzten Häusern ihren Gast entlässt.
Und dann die langen Einsamkeiten. Nackte Ufer.
Stille. Nacht. Besinnung. Einkehr. Kommunion.
Und Glut und Drang

Ernst Stadler (1883–1914)

Zum Letzten, Segnenden. Zum Zeugungsfest.
Zur Wollust. Zum Gebet. Zum Meer.
Zum Untergang.

Optimistische Lebenseinstellung

Stadler verstand Schicksal und **Krieg als Herauforderung und Erlebnis**. Anders als Trakl oder Heym suchte er Auswege aus der Erfahrung von Leid, Ich-Auflösung und pessimistischer Zukunftsperspektive. Seine **optimistische Lebenseinstellung**, seine Hingabe an den Menschen und sein Wunsch nach produktiver Entgrenzung („grenzenlose(s) Michverschenken") kommt z. B. in dem Gedicht *Form ist Wollust* (1914) zum Ausdruck:

Form und Riegel mussten erst zerspringen,
Welt durch aufgeschlossne Röhren dringen:
Form ist Wollust, Friede, himmlisches Genügen,
Doch mich reißt es, Ackerschollen umzupflügen.
Form will mich verschnüren und verengen,
Doch ich will mein Sein in alle Weiten drängen –
Form ist klare Härte ohn' Erbarmen,
Doch mich treibt es zu den Dumpfen, zu den Armen,
Und in grenzenlosem Michverschenken
Will mich Leben mit Erfüllung tränken.

Ernst Stadler (1883–1914)

Beispiel: *Vorfrühling* (1914)

In dieser Märznacht trat ich spät aus meinem Haus.
Die Straßen waren aufgewühlt von Lenzgeruch und grünem Saatregen.
Winde schlugen an. Durch die verstörte Häusersenkung ging ich weit hinaus
Bis zu dem unbedeckten Wall und spürte: meinem Herzen schwoll ein neuer Takt entgegen.

In jedem Lufthauch war ein junges Werden ausgespannt.
Ich lauschte, wie die starken Wirbel mir im Blute rollten.
Schon dehnte sich bereitet Acker. In den Horizonten eingebrannt
War schon die Bläue hoher Morgenstunden, die ins Weite führen sollten.

Die Schleusen knirschten. Abenteuer brach aus allen Fernen.
Überm Kanal, den junge Ausfahrtwinde wellten, wuchsen helle Bahnen,
In deren Licht ich trieb. Schicksal stand wartend in umwehten Sternen.
In meinem Herzen lag ein Stürmen wie von aufgerollten Fahnen.

Ein bedeutsames und häufig zu beobachtendes Kennzeichen expressionistischer Gedichte ist der **Bruch mit tradierten ästhetischen oder formalen Vorgaben**. Im Verzicht auf wohlklingende Reim- und Versgestaltung und in der Verwendung kühner, ausdrucksstarker Metaphern finden die Dichter, als Beispiel dafür sei nur Gottfried Benns Gedicht *Morgue I. Kleine Aster* genannt (vgl. S. 50), die angemessenen Ausdrucksmittel, um Themen wie Ver-

Verzicht auf wohlklingende Reim- und Versgestaltung und Verwendung kühner, ausdrucksstarker Metaphern

fall, Tod und Krieg, aber auch dynamische Aufbruchserlebnisse zeitgerecht zu gestalten. Ernst Stadler benutzt in *Vorfrühling* diese **Metaphorik, um die Natureindrücke des aufbrechenden lyrischen Subjekts darzustellen.**

In der 1. Strophe unternimmt das lyrische Ich in einer Märznacht einen Spaziergang. Es nimmt den Frühlingsgeruch auf den Straßen wahr. Der Spaziergang führt es bis zur Stadtmauer, wo es einen unbestimmten Ruf, einen „neue(n) Takt" (V. 4), vernimmt. In der 2. Strophe nimmt das lyrische Ich den Duft werdenden Lebens wahr (Blüten?) und fühlt sich angesprochen. Es bemerkt die eigene Aufregung und sieht eine neue Zukunft am Horizont auftauchen. Die 3. Strophe macht deutlich, dass diese Zukunft abenteuerlich sein wird. Die Schleusen knirschen, der Fluss scheint das lyrische Ich in das neue Leben zu führen. Es ist äußerst erregt und erwartet sein Schicksal mit großer Spannung.

Erwartung einer abenteuerlichen Zukunft: ekstatisches Lebensgefühl

Mit dem Bild des Lebens, das im Frühling in der Natur erwacht, lässt sich als Aussage des Textes etwa so festhalten: Der Spaziergang in einer Märznacht steht symbolisch für die **Veränderung** im menschlichen Leben. Der Mensch, der aufbricht, sein **altes Leben zu verlassen** und sein neues Leben zu suchen, wird von einem ekstatischen Lebensgefühl beherrscht.

Es lassen sich die folgenden **sprachlichen und formalen Gestaltungsmittel** feststellen:

→ Das Metrum ist ungleichmäßig, die Hebungszahl nimmt zum Ende der Strophen hin zu.

→ Der Rhythmus wird bestimmt durch Wechsel von Enjambements (vgl. V. 3 f., V. 7 f., V. 10 f.) und Wechsel mit Versen, in denen Satz- und Verschluss zusammenfallen.

→ Dynamisches Wortfeld, Verben der Bewegung wie z. B. „trat" (V. 1), „aufgewühlt" (V. 2), „ging" (V. 3), „ausgespannt" (V. 5), „rollten" (V. 6), „dehnte" (V. 7), „ins Weite führen“ (V. 8), „brach aus“ (V. 9), „wuchsen“ (V. 10), „Stürmen“ (V. 12).

- Symbole: „Abenteuer“ (V. 9) als Hinweis auf das Außergewöhnliche, „Schicksal“ (V. 11) weckt die Assoziation des Ausgeliefert-Seins, „aufgerollte( ) Fahnen“ (V. 12) als Hinweis auf Krieg, Bewusstsein des nahenden Untergangs. „Vorfrühling“ als Metapher für neuen Lebensabschnitt.
- **Synästhesie**: Wahrnehmung der Natur mit allen Sinnen, z. B. Geruchssinn („Lenzgeruch“, V. 2), Tastsinn („Lufthauch“, V. 5), Gehör („Winde schlugen an“, V. 3), Auge („grüne(r) Saatregen“, V. 2) als Ausdruck eines ekstatischen Lebensgefühls.
- Sprache: pathetisch, erinnert an Hymne (vgl. Goethes *Prometheus*, *Ganymed*), z. B.: „In den Horizonten eingebrannt / War schon die Bläue hoher Morgenstunden, die ins Weite führen sollten.“ (V. 7 f.).
- Motiv des Weggehens, des Fortziehens: Lyrisches Ich verlässt das Haus (vgl. V. 1), um in die Ferne zu ziehen.
- Kontrast: Bedrückende Enge der Stadt, „verstörte Häusersenkung“ (V. 3), Weite der sich öffnenden Landschaft (vgl. V. 8 f.).
- Attribute, die das Entstehen von Leben unterstreichen: „ein neuer Takt“ (V. 4), „junges Werden“ (V. 5), „junge Ausfahrtwinde“ (V. 10).

Dynamik des Textes

In der **Beziehung zwischen der Umgebung und dem lyrischen Subjekt** zeigt sich die Dynamik des Textes: In der 1. Strophe stellt sich das lyrische Ich als aktiv dar, es entsteht eine dynamische Spannung. In der 2. Strophe hält das lyrische Ich inne, es lauscht und nimmt die Weite wahr. In der 3. Strophe schließlich erfolgt die „Antwort der Natur“, die ausgesetzte Dynamik wird fortgeführt und mündet in eine aufgewühlte Bewegtheit und erwartungsvolle Haltung; Ich und Natur verschmelzen.

Ernst Stadler (1883–1914)

Mischung von gefühlsbetonter, ekstatischer Lebensstimmung und Untergangsvision

Motive wie **„Abendstimmung“**, **„Aufbruch“**, **„Schrecken des Krieges“** oder **„Todesahnung“** finden sich auch in zahlreichen anderen expressionistischen Gedichten. Die Mischung von gefühlsbetonter, ekstatischer Lebensstimmung und Untergangsvision wird z. B. bei Alfred Lichtenstein in Verse gesetzt (vgl. S. 79).

Stichworte:

→ dynamisch-ekstatisches Aufbruchserlebnis
→ Frühling in der Natur als Metapher für Veränderung, neues Leben
→ dynamisches Wortfeld, Verben der Bewegung
→ Symbole deuten auf Abenteuer und Krieg
→ Synästhesien
→ dynamische Beziehung zwischen lyrischem Ich und Umgebung

August Stramm (1874–1915)

Kurzbiografie und Werk

August Stramm gehörte mit seinen ausdrucksstarken, von **Einwortzeilen** geprägten Gedichten zu den auffälligsten Vertretern des Expressionismus. Er war ein Meister der Wortverkürzung und sprachlichen Abstraktion und erzielte durch Verzicht auf alles sprachliche Beiwerk ein **Maximum an Ausdruckskraft**. Die Wirkung seiner sprachexperimentellen Dichtung reicht über den Dadaismus bis zu Arno Schmidt, Ernst Jandl und Gerhard Rühm.

KURZBIOGRAFIE

Stramm wurde am 29. Juli 1874 in Münster geboren. Nach dem Besuch des Gymnasiums trat er in den Postdienst ein und arbeitete als Postsekretär, später als Postinspektor in Aachen und Berlin. 1914 wurde er Postdirektor im Reichspostministerium. Nebenbei studierte er in Berlin und Halle (Saale) Philosophie; 1909 promovierte er zum Doktor phil. Bei Kriegsausbruch wurde Stramm als Hauptmann der Reserve zum Kriegsdienst eingezogen und stieg in der Folgezeit bis zum Rang eines **Bataillonskommandeurs** auf. Er fiel am 1. September 1915 bei Brest-Litowsk (heute Brest/Weißrussland).

WERK

Seit 1902 verfasste Stramm Dramen (z. B. *Die Bauern*, entstanden 1904/05, *Der Gatte*, 1909, *Rudimentär*, 1910). Nachhaltige Wirkung entfaltete er jedoch vor allem mit seiner Lyrik, was nicht zuletzt die 13 Gedichte belegen, mit denen sein Werk nach Kriegsende posthum in der von Kurt Pinthus herausgegebenen Sammlung

Menschheitsdämmerung gewürdigt wurde. Seine Werke wurden ab 1914 in der von Herwarth Walden herausgegebenen Zeitschrift *Der Sturm* veröffentlicht und verschafften Stramm rasch den Ruf, einer der radikalsten Dichter des Expressionismus zu sein, vor allem aufgrund seiner Wortkunst, die allerdings auch kontrovers diskutiert wurde: Während im *Sturm* seine **hoch konzentrierten Gedichte** als reinste Form des Expressionismus gerühmt wurden, empfanden andere Dichter seinen Stil als manieriert und begannen, Stramm zu parodieren. Satzverkürzungen, die **Auflösung der grammatischen Strukturen**, eine Vielzahl von Wortneuschöpfungen, der Verzicht auf metrische Strukturen, kühne, zum Teil hyperbolische Metaphern sowie die groteske Kontrastierung durch einen banal-trivialen Schluss kennzeichnen Stramms Stil, den z. B. Richard Huelsenbeck recht treffend nachzuahmen verstand.

Kontrovers diskutiert

August Stramm
Trieb **(1915)**

Schrecken Sträuben
Wehren Ringen
Ächzen Schluchzen
Stürzen
Du!
Grellen Gehren
Winden Klammern
Hitzen Schwächen
Ich und Du!
Lösen Gleiten
Stöhnen Wellen
Schwinden Finden
Ich
Dich
Du!

Richard Huelsenbeck (1892–1974)
Capriccio **(1916)**
Nach der strammen „Sturm"-Methode gedichtet

Jammer brüllen. Affen heulen.
Gluten klammen
Klammen Klauben
Bimmel Baumel
Bummel Bummel
in die Nacht.
Wanda wende
Wanda Wanda
Wanda wolle
Nächte bersten
sind geborsten
birsten borsten
eines Schweins.

August Stramm (1874–1915)

Beispiel: *Untreu* (1915)

Dein Lächeln weint in meiner Brust
Die glutverbissnen Lippen eisen
Im Atem wittert Laubwelk!
Dein Blick versargt
Und
Hastet polternd Worte drauf.
Vergessen
Bröckeln nach die Hände!
Frei
Buhlt dein Kleidsaum
Schlenkrig
Drüber rüber!

Thema: Liebesenttäuschung

Anhand des Titels lässt sich die Sprechsituation des Gedichts assoziativ als eine Begegnung bestimmen, in der eine Liebesenttäuschung offenbar wird. Dabei weist *Untreu* charakteristische Merkmale des Strammschen Stils auf, wie die Analyse der verwendeten **sprachlichen und formalen Mittel** zeigt:

→ Das personifizierte Lächeln wird mit einem **Paradoxon** verbunden, das seine Reaktion beim lyrischen Ich beschreibt (vgl. V. 1). Mit einem metaphorischen Paradoxon wird das Schweigen ausgedrückt: Die Lippen, die ansonsten voller vitaler Energie sind, sind zusammengekniffen (vgl. V. 2).

→ Stramms Lyrik zeichnet sich durch zum Teil gewagte **Wortneuschöpfungen** aus: In V. 3 findet sich z. B. der Neologismus „Laubwelk", das „wittert", in V. 4 steht „versargt" – beides sind Ausdrücke, mit denen das Ende einer Entwicklung bzw. einer Beziehung umschrieben wird.

→ Eine Deutung von V. 4 lässt sich nur intuitiv und assoziativ vornehmen: Möglicherweise erstirbt das lebendig Leuchtende, das zuvor den Blick der oder des Angesprochenen ausgezeichnet hat. Die Konjunktion „und“, für die eine einzelne Zeile reserviert wird (vgl. V. 5), betont den Umstand, dass verbal etwas kaschiert werden soll, was sich bereits nichtsprachlich offenbart hat: der Betrug, die Untreue des Partners. Die ungewöhnliche syntaktische Zusammenstellung „vergessen / Bröckeln nach die Hände!“ (V. 7 f.) erschließt sich assoziativ als gestische Unsicherheit. Das Adjektiv „frei“ (V. 9) ist doppeldeutig: Es bezieht sich einerseits auf den in V. 10 angesprochenen Kleidersaum, andererseits deutet es bereits auf die „Befreiung“ der Beziehung hin, gegen deren Regeln offenbar verstoßen wurde. Eine neologistische Erscheinung prägt den Schluss: ein Kleidersaum, der „schlenkrig buhlt“ (vgl. V. 10 f.). Auch hier ist der Sinn nur assoziativ nachzuvollziehen.

Betrachtet man das gesamte Gedicht, so fällt neben seinem **Verzicht auf Reim und Metrum** die syntaktische Verknappung auf. Analog dazu „fällt“ das Gedicht inhaltlich von der Darstellung großer Anspannung hinab auf eine triviale Ebene: Im ersten Vers ist noch von der übermächtigen Trauer des lyrischen Ichs die Rede, in den letzten beiden Versen wird nur noch der Kleidsaum bemerkt, der die Hände des Gesprächspartners zeitweise bedeckt.

Stichworte:

→ Verzicht auf Reim und Metrum
→ syntaktische Verknappung
→ paradox-kontrastive Metaphern
→ Neologismen
→ Einwortzeilen

Besonders augenfällig werden die typischen Merkmale von Stramms Lyrik, vergleicht man *Untreu* mit einem berühmten Gedicht aus der dem Expressionismus folgenden Epoche der „Neuen Sachlichkeit". Erich Kästner (1899–1974) schildert in *Sachliche Romanze* (1928) in einem nüchternen, lakonischen Stil das Ende einer Beziehung und verzichtet dabei völlig auf expressive Wortschöpfungen oder die extreme Verknappung zu Einwortzeilen:

Erich Kästner

Als sie einander acht Jahre kannten
(und man darf sagen: sie kannten sich gut),
kam ihre Liebe plötzlich abhanden.
Wie andern Leuten ein Stock oder Hut.

Sie waren traurig, betrugen sich heiter,
versuchten Küsse, als ob nichts sei,
und sahen sich an und wussten nicht weiter.
Da weinte sie schließlich. Und er stand dabei.

Vom Fenster aus konnte man Schiffen winken.
Er sagte, es wäre schon Viertel nach Vier
und Zeit, irgendwo Kaffee zu trinken.
Nebenan übte ein Mensch Klavier.

Sie gingen ins kleinste Café am Ort
und rührten in ihren Tassen.
Am Abend saßen sie immer noch dort.
Sie saßen allein, und sie sprachen kein Wort
und konnten es einfach nicht fassen.

Ernst Toller (1893–1939)

Kurzbiografie und Werk

Das zentrale Thema Ernst Tollers ist **der um eine neue Gesellschaftsordnung ringende Mensch**. Tollers literarisches Werk entstand erst im Anschluss an seine Kriegsteilnahme (ab 1916) und ist eher dem Spät- bzw. Nachkriegsexpressionismus zuzurechnen. Seine Kriegserfahrungen ließen Toller zu einem **überzeugten Sozialisten und Pazifisten** werden, eine politische Haltung, die sich auch in seinen Gedichten und Dramen ausdrückt.

KURZBIOGRAFIE UND WERK

Toller wurde am 1. Dezember 1893 als Sohn eines jüdischen Kaufmanns in Samotschin (Kolmar, Polen) geboren. Nach dem Abitur begann er im Frühjahr 1914 in Grenoble mit dem Studium der Rechtswissenschaft. Nach Kriegsbeginn meldete er sich als Freiwilliger, trat im August 1914 einem Artillerie-Regiment nahe München bei und zog, wie so viele seiner Generation, voller Begeisterung in den Krieg. An der Front zeichnete sich Toller zunächst durch seine Tapferkeit aus. Die **Erfahrungen aus der Schlacht um Verdun** veränderten seine Haltung zum Krieg jedoch radikal.

Nach einer schweren Verwundung wurde er ab 1916 nicht mehr verwendet, gleichzeitig verfasste er erste pazifistische Gedichte. Ab 1917 studierte er Philosophie und Literatur in Heidelberg und München, gleichzeitig weitete er sein **politisches Engagement** aus, indem er Mitglied der sozialistischen USPD (Unabhängige Sozialdemokratische Partei Deutschlands) wurde. Im November 1918 wurde er nach der Ermordung seines Freundes Kurt Eisner

Vorsitzender des Arbeiter- und Soldatenrats. Seine Beteiligung an der Novemberrevolution bzw. Münchner Räterepublik brachte Toller nach dem Sturz der Räterepublik eine Verurteilung wegen Hochverrats ein. Die Haftzeit von fünf Jahren nutzte er zur Abfassung berühmter expressionistischer Dramen wie *Die Wandlung* (1919) oder *Masse Mensch* (1920).

Beteiligung an der Münchener Räterepublik 1919

Aufgrund seines politischen Kampfes gegen die Nationalsozialisten wurde Toller zu einem der erklärten Hauptfeinde der faschistischen Diktatur (in der Sprache des NS-Regimes war Toller ein „Symbol des internationalen Judentums"). 1933 floh Toller ins **Exil in die USA**, wo er weiterhin versuchte, politisch gegen den europäischen Faschismus zu kämpfen. Unter schweren Depressionen leidend, erhängte sich Toller am 22. Mai 1939 in einem Hotelzimmer in New York.

Depressionen

Beispiel: *Mütter* (entst. 1917)

Aus weißen Lilien sei euch ein Tempel erbaut,
Von des Himmels Weiten sternhell überblaut.
Weihestätte euren Tränen,
Altar eurem tiefsten Leid.

Mütter,
Die euch Hoffnung, frohe Bürde,
Liegen jäh zerfetzt in aufgewühlter Erde,
Gleichnis graungepeitschter Menschenherde,
Röcheln zwischen Drahtverhauen,
Oder siechen scheu als Krüppel,
Irren blind durch gelbes Korn.
Taube tasten starren Blicks nach euren Liedern,
Blumennetze, die ihr webtet

Ernst Toller (1893–1939)

Um die Wiege eures Kindes.
Die auf Feldern jubelnd stürmten,
Torkeln eingekerkert, wahnsinnsschwärend,
Blinde Tiere durch die Welt.

Mütter!
Eure Söhne taten das einander.

Eure Schmerzen lodern allzu grell,
Um verlöschend sich im Aufschrei zu befrein.
Sind zu sehr erfüllt von Grauen, um Gebete stammelnd
Hingekniet Erlösung still zu finden.

Grabt euch tiefer in den Schmerz,
Lasst ihn zerren, ätzend wühlen …

Reckt gramverkrampfte Arme,
Seid Vulkane, glutend Meer:
Schmerz, gebäre Tat!

Das Gedicht, das kurz nach der Verwundung des Dichters entstanden ist, verdeutlicht den **Wandel Tollers vom kriegsbegeisterten Freiwilligen zum pazifistischen Dichter**, der das menschliche Leid auf den Schlachtfeldern der Westfront erlebt hat. Das Gedicht beschreibt die Schrecken des Krieges in zum Teil kühnen Metaphern.

Schrecken des Krieges

→ Der Sprecher wendet sich im ersten Vers direkt an die bereits im Titel angesprochenen Mütter. Die **Lilie**, aufgrund ihrer weißen Farbe Symbol der Reinheit, aber auch mit religiösem Bezug (Mariensymbol als Zeichen der Jungfräulichkeit, auch als Sinnbild der Gnade), wird als Blume herangezogen, aus der ein Tempel erbaut sein soll, der der Trauer der Mütter gewidmet ist. Metaphysische und religiös-kultische Bezüge werden durch die Wortneuschöpfung „überblaut“ (V. 2) und den feierlichen Ausdruck „Weihestätte“ (V. 3) hergestellt.

- → Die zweite Versgruppe spricht die Mütter erneut direkt an und wendet den Blick zum Grund ihrer Trauer. In drastischen Worten wird das Leiden der Söhne beschrieben, die dem Krieg zum Opfer fallen. Kontrastierend wird die Hoffnung, die die Mütter in ihre Söhne gesetzt haben, mit dem Resultat des Krieges zusammengestellt: Die Körper der Gefallenen sind „jäh zerfetzt“ (V. 7), sie liegen „in aufgewühlter Erde“ (V. 7) – die Wortwahl deutet auf die völlige Abwesenheit von Ordnung hin.
- → In V. 8 wird das Bild als Gleichnis interpretiert, dessen Sachhälfte aus assoziativ zu erschließenden Neologismen besteht: „graungepeitschter Menschenherde“. V. 9 spielt auf Verwundete an, die hilflos in Stellungen verharren müssen; Kriegsverletzte, Taube und Blinde treten auf. V. 12 f. erwähnt die Erinnerung an die Lieder der Kindheit mit dem paradoxen Bild, das Taube nach Liedern tasten, die mit natürlicher Schönheit in Verbindung gebracht werden, mit „Blumennetzen“, einem synästhetischen Ausdruck für die Kinderlieder, die im Raum erklingen, in dem das Kind in der Wiege liegt.
- → V. 15 erwähnt rückblickend die Kriegsbegeisterung, mit der die nun Gefallenen und Verwundeten einst in die Schlachten zogen – dies ist ein autobiografischer Bezug, da Ernst Toller zu Kriegsbeginn selbst diese Begeisterung teilte. Aus den einst vitalen jungen Männern sind nun „blinde Tiere“ (V. 17) geworden, die sich nicht mehr bewegen können und den Verstand verloren haben (Neologismus „wahnsinnsschwärend“, V. 16). V. 18 f. konstatiert ausrufend, dass die Söhne der angesprochenen Mütter nicht nur Opfer, sondern ebenso Täter und Verursacher des Leidens sind.

Söhne auch Verursacher des Leides

Ernst Toller (1893–1939)

- Mit V. 20–28 wendet sich das lyrische Ich imperativisch an die angesprochenen Mütter: „grabt“ (V. 24), „lasst“ (V. 25), „reckt“ (V. 26) und „seid“ (V. 27). Sie sollen sich noch tiefer in den Schmerz eingraben, so lautet die paradox anmutende Forderung in V. 24. Der Grund dafür ist, dass aus dem tief empfundenen Schmerz die Kraft für den Widerstand erwachsen soll: „Reckt gramverkrampfte Arme“ (V. 26).

Visionäre Aufbruchsstimmung

Aus dem Schmerz soll die Tat erwachsen (vgl. V. 28) – so lautet der Appell, der eine visionäre Aufbruchsstimmung artikuliert, die typisch ist für die expressionistische Lyrik, die während oder gegen Ende des Weltkriegs entstand. Die Tat soll der **Revolution**, der pazifistischen Weltverständigung in einer sozialistischen Perspektive gewidmet sein – so drückte es der Dichter auch in seinem Stationendrama *Die Wandlung* unter Hinzunahme autobiografischer Anspielungen aus.

Stichworte:

- Wandlung von anfänglicher Kriegsbegeisterung zu Pazifismus
- Lilie als Symbol
- Wortneuschöpfungen
- Söhne nicht nur Opfer, sondern auch Täter
- Aufruf zur Tat, Revolution

Johannes R. Becher (1891–1958)

Kurzbiografie und Werk

Johannes R. Becher repräsentiert neben Ernst Toller **den sozialistischen „Flügel" der expressionistischen Bewegung**. Erste dichterische Versuche von Becher datieren auf die Zeit um 1913, erste Publikationen erschienen in der Vorkriegszeit in der Zeitschrift *Die Aktion.* Mit der Lyriksammlung *Verbrüderung* (1916) protestierte der junge Becher in typisch expressionistisch-radikaler Weise gegen das Bestehende und forderte dabei in Abgrenzung von der „Sprache der Väter" eine **neue Sprache** in der Literatur. Bechers frühe Gedichte bedienen sich eines **explosiven Stils**, der seine Vorbilder in den Texten von August Stramm, Alfred Lichtenstein und Georg Trakl fand. In seinen späteren Gedichten verklärte er die Errungenschaften der kommunistischen Sowjetunion bis ins Pseudo-Religiöse.

Die politische Aussage in den frühen Gedichten ist noch unspezifisch; Wort und Tat gehören noch zusammen, wie das Gedicht *Eingang* (entst. zwischen 1913 und 1916) zeigt:

Der Dichter meidet strahlende Akkorde.
Er stößt durch Tuben, peitscht die Trommel schrill.
Er reißt das Volk auf mit gehackten Sätzen.

Ich lerne. Ich bereite vor. Ich übe mich.
Wie arbeite ich – hah leidenschaftlich! –

Johannes R. Becher (1891–1958)

Gegen mein noch unplastisches Gesicht –:
Falten spanne ich.
Die Neue Welt.
(– eine solche: die alte, die mystische, die Welt der Qual
austilgend –)
Zeichne ich, möglichst korrekt, darin ein.
Eine besonnte, eine äußerst gegliederte, eine *geschliffene*
Landschaft schwebt mir vor,
Eine Insel glückseliger Menschheit.
Dazu bedarf es viel. (Das weiß er auch längst sehr wohl.)

O Trinität des Werks: Erlebnis, Formulierung Tat.

Ich lerne. Bereite vor. Ich übe mich.

... bald werden sich die Sturzwellen meiner Sätze zu einer
unerhörten Figur verfügen.
Reden. Manifeste. Parlament. Der Experimentalroman.
Gesänge von Tribünen herab vorzutragen.
Der neue, der heilige Staat
Sei gepredigt, dem Blut der Völker, Blut von ihrem Blut,
eingeimpft.

Restlos sei er gestaltet.
Paradies setzt ein.
– Lasst uns die Schlagwetter-Atmosphäre verbreiten! –
Lernt! Vorbereitet! Übt euch!

KURZBIOGRAFIE

Becher wurde am 22. Mai 1891 als Sohn eines Landgerichtsdirektors in München geboren. 1910 unternahm er nach dem Vorbild Heinrich von Kleists mit seiner Freundin einen gemeinsamen Suizidversuch, den nur er überlebte. Von 1911 an studierte er Philosophie und Medizin in Berlin, München und Jena (ohne Abschluss). 1914 wurde Becher als dienstuntauglich eingestuft und in der Folgezeit aufgrund seiner Morphiumsucht mehrmals in eine Klinik eingewiesen. 1917 trat er in die sozialistische USPD, dann in den Spartakusbund ein, aus dem die **KPD** hervorging. 1932 kandidierte Becher bei den Reichstagswahlen für die KPD, 1933 ging er ins Exil, ab 1935 lebte er in Moskau und arbeitete dort als Chefredakteur der Zeitschrift *Internationale Literatur*. 1945 kehrte er nach Berlin zurück und gründete dort den einflussreichen *Kulturbund zur demokratischen Erneuerung Deutschlands*, den Aufbau-Verlag als bedeutendstes Verlagshaus der DDR sowie die Literaturzeitschrift *Sinn und Form*. Von 1952 bis 1956 amtierte er als Präsident der Akademie der Künste, von 1954 an war er **Kulturminister der DDR**. Becher starb am 11. Oktober 1958 in Ost-Berlin.

Morphiumsucht

Präsident der Akademie der Künste

WERK

Becher debütierte 1911 mit dem sprachgewaltigen Lyrikband *Der Ringende*, dem *De Profundis Domine* (1913) und *Verfall und Triumph* (1914) folgte. Nach dem Krieg erschienen *Päan gegen die Zeit* (1918) und *An Alle* (1919). In den Jahren der Weimarer Republik entfaltete Becher eine rege politische Tätigkeit in Verbindung mit der Schriftstellerei; Literatur war ihm mehr und mehr ein Mittel im Klassenkampf. Becher war einer der Begründer des *Bundes proletarisch-revolutionärer Schriftsteller*, dessen Vorsitzender er 1928 wurde; daneben gab er die Zeitschrift *Die Linkskurve* heraus. Nach dem Erscheinen des Antikriegsromans *Leviste oder Der einzig gerechte Krieg* wurde Becher des Hochverrats beschuldigt, der Prozess wurde aber nach Interventionen von Schriftstellerkollegen wie Thomas Mann und Bertolt Brecht 1928 eingestellt. 1940 erschien *Abschied. Einer deutschen Tragödie erster Teil 1900–1914*, ein autobiografischer Entwicklungsroman, der mit dem Ausbruch

Literatur als Mittel im Klassenkampf

des Ersten Weltkrieges endet. 1949 verfasste Becher nach einer Melodie von Hanns Eisler den Text der Nationalhymne der DDR (*Auferstanden aus Ruinen*). Weitere Werke sind u. a. *Der Weg nach Füssen* (1953) und *Sonett-Werk 1913–1955* (1956). 1951 erschien Bechers Tagebuch *Auf andere Art so große Hoffnung.*

Beispiel: *An Berlin* (1918)

Berlin –: mit Schulter-Bergen hab ich dich durchdröhnt!
Zerstampfet deiner Häuser zementenen Apparat
... verhängt wir rings mit Tau-Schleim ewiger Straßen ...
Von Kreisel-Plätzen lodernd übertätowiert.

Berlin! Berlin! Voll Donner-Tag du Stadt, doch immer aufreißt du
Solch blankes Firmament der Brust; denn Schwalben sprühen.
Gewitter streichen Winde *eines* Atems.
O Berg eilt uns als Dämon Helfer zu.

Berlin, Paradies-Strom frisst dich labyrinthische Feste.
Kanäle fallend mir anheim. O Höfe zwitschernd!
Ja Palmwälder sprießen Schlote der Fabriken.
O Schatten-Traum der rings beglänzten Ärmsten!

Berlin Scharlachkürbis zerbeulte Frucht ins Netz der Himmel
schlagend.
Wo Mensch-Ameise schwirrt im jähesten Fabelreich elastischer
Korridore.
Wann wirst du Volk empor aus jener Wildnis tagen!?
(... du Tat aus Geist geboren ...)

Du Volk –: Gewalt, aus der dein Dichter brennt.
Du Volk versklavt in Gründe Mords gerissen.
Du Volk entführt im Mörser Brei zerschmissen.
... behelmt der Stirnen Schauer-Firmament ...

Hah: morschen Bruders Leib dein Feld, dein Kissen!
Ja, euere Frauen Jenes Skalp sich hissen!!
(Barbar vom Bomben-Werk zerbissen.)

Du Volk! mein Volk –: dass sich dein Blut verschwend:
Die Henkerfalten deines Antlitz glätten.
Dann sei, dass strahlend sich aus Schädelstätten
!Ihr Muskeln stemmt!
Dein Himmel hebt. Sternmulden schimmernd früheste Narben.
Fischgründe lodern. Klirrt o Strahlen-Garben!!!

Das reimlose Gedicht greift die im Expressionismus beliebte **Großstadtthematik** auf. Eine klare Handlung ist kaum skizzierbar, dafür fallen ein Fülle poetischer Wortneuschöpfungen, grammatikalisch und syntaktisch ungewohnte Strukturen und teilweise kühne synästhetische Metaphern auf. Sprachlich realisiert der Text eine **Wort-Zertrümmerung und Wort-Neuschöpfung**, inhaltlich dominiert der Appell an das direkt angesprochen Volk, zur „Tat" zu schreiten (vgl. V. 16). Der Übergang von expressionistischer zu politischer Lyrik ist hier fließend.

Fließender Übergang von expressionistischer zu politischer Lyrik

Von der zum Ausdruck gebrachten Stimmung her sind **zwei Teile** des Gedichtes unterscheidbar: Bis V. 14 dominiert eine apokalyptisch anmutende Schilderung der industrialisierten Großstadt, in der der Mensch auf die Größe einer Ameise (vgl. V. 14) schrumpft. Ab V. 15 wendet sich der Blick (in Übereinstimmung mit dem **sozialistischen Weltbild** Bechers) auf die überindividuelle Größe des Volkes, dem die Kraft zuerkannt wird, sich „strahlend" aus dem beschriebenen leidvollen Zustand zu erheben und den Sieg davonzutragen. „Klirrt o Strahlen-Garben!!!" (V. 29) scheint ein Hinweis auf die zeitgenössischen Plakate der Arbeiterbewegung zu sein, auf denen Fackelträger zu sehen waren, deren Licht nach allen Richtungen ausstrahlte.

Bedrohliche Darstellung der Großstadt

Wie wird die bedrohliche Darstellung der Großstadt im ersten Teil **formal gestaltet**?

→ Berlin wird in den ersten vier Strophen direkt angesprochen, in der zweiten Strophe sogar wiederholt und mit Ausrufezeichen, um den Appellcharakter überdeutlich werden zu lassen.
→ Als Merkmale der Großstadt werden Betonbauten (vgl. V. 2), unzählige Straßen, die von kreisförmigen Plätzen unterbrochen werden (vgl. V. 3 f.), Höfe und Kanäle (vgl. V. 10) sowie Fabrikkamine (vgl. V. 11) genannt.
→ Diese erkennbaren Merkmale werden in einem Kontext ausdrucksstarker und überwiegend negativ bzw. mit Bedrohung konnotierter Adjektive („zementenen", V. 2, „blank()", V. 6), Verben („zerstampfet", V. 2, „lodernd", V. 4, „aufreißt", V. 5, „frisst", V. 9), und Substantive („Donner", V. 5, „Dämon", V. 8) aufgeführt. Darunter befinden sich auch einige Wortneuschöpfungen („durchdröhnt", V. 1, „Tau-Schleim", V. 3, „Schatten-Traum", V. 12, „rings beglänzten", V. 12, „Scharlachkürbis", V. 13), deren Bedeutung nur auf dem Wege der assoziativen Verknüpfung ermittelt werden kann.
→ Die Stadt wird als labyrinthisch erfahren (vgl. V. 9), als undurchdringlich (vgl. Urwald-Metapher in V. 11). Gewalt (vgl. V. 9) und Armut (vgl. V. 12) werden angeführt. Insgesamt erscheint **Berlin** dem lyrischen Ich als ein **bedrohliches, molochartiges Wesen**: Die Metapher „Scharlachkürbis" (V. 13) weckt Gedanken an Krankheit und Tod, die rote Farbe

dominiert die Imagination. Zugleich weist die Metapher der „zerbeulte(n) Frucht“ (V. 13) auf Vergänglichkeit und Hässlichkeit hin. Im „Netz der Himmel“ (V. 13) ist die „Mensch-Ameise“ (V. 14) gefangen.

An dieser Stelle setzt die **Gegenbewegung** ein: Das lyrische Ich artikuliert in stetiger Wiederholung (vgl. V. 15, V. 17–20, V. 24) den Aufruf an das Volk, zur „Tat“ (V. 16) zu schreiten und sich zu erheben (vgl. V. 15).

→ V. 17–23 machen auf emphatische Weise deutlich, dass sich das lyrische Ich dem angesprochenen Volk zugehörig fühlt („Du Volk! mein Volk“, V. 24), und erinnern an das kollektiv erfahrene Kriegsleiden, das das Volk hat überstehen müssen („im Mörser Brei zerschmissen“, V. 19, „behelmt der Stirnen Schauer-Firmament“, V. 20, „Barbar vom Bomben-Werk zerbissen“, V. 23).

→ Aus der Erfahrung des Kriegsleidens heraus soll eine positive Zukunftsvision vermittelt werden. Diese positive Vision soll das Volk aus eigener Kraft realisieren („Ihr Muskeln stemmt“, V. 27).

→ Positiv konnotierte Ausdrücke bestimmen die sprachliche Gestaltung dieser Vision: *„Antlitz“* (V. 25), „Himmel“ (V. 28), „Sternmulden“ (V. 28), „Fischgründe“, „Strahlen-Garben“ (V. 29).

Politische Zielrichtung des Gedichtes

In dem Symbol der „Strahlen-Garben“ (V. 29), dem letzten Ausdruck des Textes, wird mit dem Verweis auf ein bekanntes Bildmotiv der Arbeiterbewegung die politische Zielrichtung des Gedichtes deutlich. Aus den **Erfahrungen inhumaner Lebens- und Arbeitsverhältnisse** in der Großstadt und aufgrund des erduldeten Kriegsleides soll sich das Volk auf seine eigene Kraft besinnen und sich selbst eine **bessere Zukunft** schaffen. Der Dichter hat mit seinem politischen Engagement in marxistisch-sozialistischen

Johannes R. Becher (1891–1958)

Parteien und später in der DDR einen Hinweis darauf gegeben, wie man sich die „Tat" vorstellen muss, zu der Becher das Volk mit seiner Lyrik aufrief.

Stichworte:

- → Großstadtlyrik
- → Wort-Zertrümmerung und Wort-Neuschöpfung
- → Appell zur Tat, Revolution
- → zwei Teile
- → Berlin als bedrohliches, molochartiges Wesen
- → Hoffnung auf das Volk, die Arbeiter

GLOSSAR

Akzent (lat. „Zugesang")
Hervorhebung durch besondere Betonung (Erhöhung der Tonstärke); **Versakzent** wird durch die Anzahl der → Hebungen und → Senkungen in einem Vers bestimmt, die Hebungen ermittelt man durch die natürliche Betonung eines Wortes. **Wortakzent** richtet sich nach der Stammsilbe (z. B.: „geben"). Der **Satzakzent** wird bestimmt durch die Aussageabsicht. Das, was besonders betont werden soll, steht am Anfang oder am Ende des Satzes.

Alliteration (aus lat. „hinzu" + „Buchstabe")
Gleicher Anlaut der Konsonanten der Stammsilbe (Stabreim), vgl. → Assonanz.
Beispiel: „**w**iegende **W**elle"

Anapher (griech. Beziehung)
Wiederholung desselben Wortes oder derselben Wortgruppe am Anfang von aufeinander folgenden Sätzen oder Satzgliedern. Gegensatz: → Epipher.
Beispiel:
„**Ist sie** dann gleichwol was / wem ist jhr Thun bewust? /
Ist sie auch gut vnd recht / wie bringt sie böse Lust?"
(Martin Opitz, *Francisci Petrarchae*)

Anrede
Formulierung, die sich an den Leser wendet.

Anspielung
Halb versteckte Andeutung.

Assonanz (griech. „gleich tönend", „Anklang")
Halbreim durch Gleichklang der Vokale.

Beispiel:
„Ich weis nicht was ich wil / ich wil nicht was ich weis"
(Martin Opitz, *Francisci Petrarchae*)

Attribute (lat. „Eigenschaft")
Beifügung zur genaueren Bestimmung der Eigenschaft.
Beispiel:
„ich sitz in tausend Schmertzen"
(Andreas Gryphius, *Thränen in schwerer Krankheit*)

Auftakt
Unbetonte, der ersten Hebung vorangehende Silbe(n) am Versanfang.
Beispiel:
„Mir ist ich weiß nicht wie / ich seuffze für und für."
(Andreas Gryphius, *Thränen in schwerer Krankheit*)

Aufzählungen
Häufung von Begriffen oder Ausdrücken.
„Itzt Blumen morgen Kot / wir sind ein Wind / ein Schaum /
Ein Nebel / eine Bach / ein Reiff / ein Tau' ein Schaten."
(Andreas Gryphius, *Thränen in schwerer Krankheit*)

Ausruf
Ausrufungssatz.
Beispiel:
„Der edle Mensch / sei hilfreich und gut!"
(Johann Wolfgang von Goethe, *Das Göttliche*)

Bild
Sprachliche Form des anschaulichen, aber uneigentlichen Sprechens, d. h., der sprachliche Ausdruck meint nicht das Bild, sondern etwas anderes.

Beispiel: „Hektor ist stark wie ein Löwe."
Das sprachliche Bild kann verschiedene Formen haben, z. B. → Metapher, → Personifizierung, → Symbol, → Synekdoche, → Vergleich.

Daktylus (griech. „Finger")
Dreisilbiger → Versfuß (Metrum), der aus einer langen (betonten) Silbe und zwei kurzen (unbetonten) Silben besteht.
Beispiel: „Daktylus" –◡◡

Dinggedicht
Distanzierte, „objektive" Beschreibung von Dingen durch ein ganz aus dem Gedicht zurückgezogenes lyrisches Ich zugunsten objektivierender Einfühlung.
Beispiel:
Georg Heym, *Der Krieg*

Ellipse (griech. „Auslassung")
Auslassung eines Wortes/Satzgliedes in einem Satz.
Beispiel:
„Itzt Blumen / morgen Kot / wir sind ein Wind / ein Schaum."
(Andreas Gryphius, *Thränen in schwerer Krankheit*)

Enjambement (frz. „Überschreitung")
Zeilensprung, Vers- und Satzende stimmen nicht überein, dadurch besondere Hervorhebung des Inhalts, Zeichen von Zusammenordnung/Zusammengehörigkeit, Steigerung der Dynamik.
Beispiel:
„du solltest dich einrichten, denn
wer sagte,
man müsse das Leben tapfer durchleben?"
(Wislawa Szymborska, *Werbeprospekt*)

Epipher (griech. „Zugabe")

Wiederholung desselben Wortes oder derselben Wortgruppe am Ende aufeinander folgender Satzglieder oder Sätze.

Beispiel:

„Ich sah auf dich und weinte nicht. Der Schmerz
Schlug meine Zähne knirschend auseinander;
Ich weinte nicht."
(Friedrich Schiller, *Don Karlos*)

Erweiterter Reim

Gleichklang von Wörtern zweier oder mehr Verse, der schon vor der letzten Hebung einsetzt.

Beispiel:

„Freude dem Sterblichen,
den die verderblichen,
schleichenden, erblichen
Mängel umwandeln."
(Johann Wolfgang von Goethe, *Faust*)

Farbsymbol (Farbe + griech. „Kennzeichen", „Merkmal")

Konkrete Zeichen, in diesem Falle Farben, die auf abstrakte Inhalte hindeuten. Beispiele für Farbsymbole und ihre gängigen Bedeutungen:

- → braun: Farbe des Bodens, mütterliche Farbe, im Mittelalter Symbol der Demut; auch Farbe der Nationalsozialisten
- → blau: Farbe der Unendlichkeit, Sehnsucht, Treue und Verlässlichkeit, auch Farbe der Trauer und des Bösen
- → gelb: Fruchtbarkeit, Sinnlichkeit, auch negativ als Farbe der Ausgestoßenen, Farbe des Neides
- → grün: Farbe der Hoffnung, des aufbrechenden Lebens, der Liebe, auch negativ als Farbe des Todes
- → weiß: Farbe der Reinheit, der Unschuld, auch als Farbe der Trauer

- → rot: Farbe des Lebens, der Liebe, auch für Kampf, Gefahr, Blut; in der Bibel auch für Sünde
- → violett: Treue, auch Buße
- → schwarz: Farbe des Unglücks, der Trauer, des Bösen

Gattung

Bezeichnung für die „Naturformen der Poesie“ (Goethe), Lyrik, Drama, Epik, die sich auch gegenseitig durchdringen können; der Begriff „Gattung“ wurde in neuerer Zeit durch „Textsorte“ ersetzt.

Gleichnis

Erweiterter Vergleich, bei dem ein „tertium comparationis“ – ein Vergleichspunkt – die Verbindung zwischen Bild- und Sachhälfte durch Vergleichspartikel herstellt.

Beispiel: Johann Wolfgang von Goethe, *Gesang der Geister über den Wassern*

Groteske

Verbindung von Unvereinbarem, dadurch Erheiterung, Wecken von Interesse, eventuell auch Entsetzen beim Leser.

Beispiel: Friedrich Dürrenmatt, *Die Physiker*

Hebung

Bezeichnung für die betonte Silbe im Vers, Kennzeichnung z. B. mit „–“ oder mit „´“. Gegensatz: → Senkung.

Humor (lat. „Körpersaft“, „Feuchtigkeit“)

Haltung, die auch noch in widrigen Lebensumständen versöhnlich gestimmt ist und das Liebenswerte in der Unzulänglichkeit zu erkennen sucht; Gegensatz zum versöhnlichen Humor ist der schwarze Humor mit zynisch-pessimistischer Konfrontation.

Hymne (griech-lat. „Festgesang")
Loblied auf Helden oder mit religiösem Inhalt, festlicher Grundton, nicht auf ein bestimmtes metrisches Schema festgelegt.
Beispiel: Johann Wolfgang von Goethe, *Ganymed*

Hyperbel (griech. „Übermaß")
Übertreibung.
Beispiel:
„Mir ist ich weiß nicht wie / ich seuffze für undt für.
Ich weyne Tag und Nacht / ich sitz in tausend Schmertzen;"
(Andreas Gryphius, *Thränen in schwerer Krankheit*)

Inversion (lat. „Umstellung")
Umkehr der gewöhnlichen Wortfolge, meist Subjekt nach Prädikat, Herausstellung bedeutungstragender Wörter, Erhöhung der Eindringlichkeit.
Beispiel:
„Fällt hin der Mann" (Rolf Haufs, *Jeden Tag*)

Ironie (gr. „Verstellung", „Vorwand")
Unwahre Behauptung, die das Gegenteil von dem meint, was sie ausdrückt. Distanzierung des Autors.
Beispiel: „Das ist aber ein schönes Wetter" (bei Regen).

Jambus (griech. „schleudern")
Zweisilbiger → Versfuß, der aus einer kurzen (unbetonten) und einer langen (betonten) Silbe besteht.
Beispiel:
„Mir ist ich weiß nicht wie / ich seuffze für und für."
(Andreas Gryphius, *Thränen in schwerer Krankheit*)

Kadenz (zu lat. „fallen")
Form des Versendes, einsilbig (stumpfe oder männliche Kadenz) oder zweisilbig (klingende oder weibliche Kadenz).

Beispiel:

→ **männliche Kadenz:**

„Acht Pfennige, das war das ganze Geld.
Ich scharrt' ihn ein auf selbigem Feld"
(Adalbert Chamisso, *Die Sonne bringt es an den Tag*)

→ **weibliche Kadenz:**

„Ein Fluch dem König, dem König der Reichen,
Den unser Elend nicht konnt erweichen"
(Heinrich Heine, *Die schlesischen Weber*)

Klimax (griech. „Leiter")

Steigernde Aufzählung vom schwächeren zum stärkeren Begriff (Gegenteil: Antiklimax).

Beispiel:

„Er kam, sah, siegte."

Komik (griech. „nächtlicher Umzug")

Der Begriff bezeichnet einen Effekt, der sich als Lächeln, Lachen oder Spott äußert und der auf dem Widerspruch zwischen angestrebtem und tatsächlichem Sinn, zwischen Schein und Sein beruht.

Konnotation (lat. „Mitbedeutung")

Mit einem Wort verbundene zusätzliche Vorstellung, Assoziation; erschließt sich meist aus dem Kontext.

Beispiel: Wärme bei „Sonne", Erotik bei „Lippen"

Kreuzreim

→ Reimformen

Lyrisches Ich

Bezeichnung für den Sprecher im Gedicht (entspricht dem Erzähler in epischen Texten), darf nicht mit dem Dichter verwechselt werden, auch wenn es ihm in Stimmungen und Gedanken sehr nahe kommen mag.

Metapher (griech. „Übertragung")

Bildhafter Ausdruck, bildhafte Unterstützung der Aussage, Verstärkung der Suggestion im Dienste von Aufwertung oder Abwertung, Übertragung von Begriffen in einen anderen Vorstellungsbereich.

Beispiel:

„corall der lippen"

(Hofmann von Hofmannswaldau, *Vergänglichkeit der Schönheit*)

Metrum (griech. „Maß")

1. Bezeichnung für kleinste Einheit im Vers (= Versfuß), mehrere Metren bilden das Versmaß.
2. Bezeichnung für Versmaß, das sich nach Betonung und Dauer bestimmt und den Takt (Versfuß) als kleinste rhythmische Einheit hat.

Aufgrund der natürlichen Sinnbetonung unterscheidet man die Versfüße → Jambus, → Trochäus, → Daktylus

Montage (frz. „Zusammenstellung", „Aufbau")

Ausdruck urspr. aus Film, nun auch auf Drama, Epik und Lyrik angewandt, der die Zusammenstellung von Teilen unterschiedlicher Herkunft zu einem neuen Sinnzusammenhang meint; Ziel: Sichtbarmachung von Zusammenhängen, Anregung zum Nachdenken.

Beispiel:

„Markenstecher Uhrenkleber", aus den Worten: „Markenkleber", „Stechuhr"; „Manitypistin Stenoküre", aus: „Stenotypistin", „Maniküre" (Hans Magnus Enzensberger, *Bildzeitung*)

Motiv (lat. „bewegen")

Beweggrund von Handlung; in der Dichtung auch als abstraktes thematisches Grundschema.

Beispiel: Motiv der zwei Identitäten in Annette von Droste-Hülshoffs *Die Judenbuche* und *Das Spiegelbild*

Naturlyrik

Bezeichnung für Gedichte mit Beschreibungen von Naturerscheinungen. Oft mit Liebeserlebnissen gekoppelt.

Beispiel: Johann Wolfgang von Goethe, *Mailied*

Neologismus (aus griech. „neu" + „Wort")

Wortneuschöpfung

Beispiel: Knabenmorgenblütenträume (Johann Wolfgang von Goethe, *Prometheus*)

Paarreim

→ Reimformen

Paradoxon (griech. „gegen" + „Meinung, Lehre")

Scheinwiderspruch, der bei genauerer Betrachtung auf eine höhere Wahrheit verweist.

Beispiel: „Im Sommer ist mir kalt / im Winter ist mir heiß" (Martin Opitz, *Francisci Petrarcae*)

Parallelismus (griech. „gleichlaufend")

Wiederholung von gleichen syntaktischen Fügungen.

Parataxe (griech. „Danebenstellen")

Aneinanderreihung von Hauptsätzen, Gegensatz: Hypotaxe.

Beispiel:

Ernst isst, Heike schläft, Klaus singt, und Henriette liest.

Parodie (griech. „Gegengesang")

Form eines bekannten Gedichtes (oder eines anderen literarischen Werkes) wird übernommen und mit einem neuen, meist nicht zum ursprünglichen Gehalt passenden Inhalt versehen (Gegenteil ist die Travestie, bei der der ursprüngliche Inhalt in eine veränderte Form eingepasst wird).

Beispiel:
„Er stand auf seines Daches Zinnen,
Und schaute mit vergnügten Sinnen
Auf zwei belegte Brote hin.
‚Dies alles ist mir viel zu wenig',
Begann er zu Ägyptens König,
‚Gestehe, dass ich hungrig bin.'"
(Parodie auf Friedrich Schiller, *Ring des Polykrates*)

Pars pro Toto (lat. „Das Teil für das Ganze")
Ein Teil steht für das Ganze. Eng gefasster Begriff für → Synekdoche.

Personifizierung (aus griech. „Person" + „machen")
Vermenschlichung.
Beispiel: „die müde Seele ruft"
(Andreas Gryphius, *An sich selbst*)

Pointe (frz. „Spitze", „Schärfe")
Überraschende und effektvolle Wendung durch einen geistreichen Schlussgedanken; oft auf Lacheffekt angelegt.

Politische Lyrik
Gedichte, die politische Themen/Aspekte zum Inhalt haben. Ziel: Schärfung des Bewusstseins, der Kritikfähigkeit, auch politische Beeinflussung des Lesers
Beispiel: Bertolt Brecht, *An die Nachgeborenen*

Polysyndeton (aus griech. „viel" + „verbunden")
Verbindung einzelner Wörter oder Satzglieder mit der gleichen Konjunktion; Gegensatz: → Asyndeton.
Beispiel:
„Die Zeitung und das Fernsehen und das Radio und das Internet sind wichtige Informationsquellen."

Refrain (provenz. „regelmäßiges Sichbrechen der Wellen an Klippen“)
Kehrreim. Wörtliche oder leicht veränderte Wiederholung eines Textteils in einem Gedicht oder einem Lied.
Beispiel: „Röslein, Röslein Röslein rot, / Röslein auf der Heiden.“ (Johann Wolfgang von Goethe, *Heidenröslein*)

Reihenstil
Verbundene oder unverbundene Aneinanderfügung von mehreren Wörtern, Satzgliedern oder Sätzen zu einem Gesamteindruck, → Simultanismus.

Reim
Gleichklang zweier oder mehrerer Wörter vom letzten betonten Vokal an.
Beispiel:
„Die Mitternacht zog näher schon;
In stummer Ruh lag Babylon.“
(Heinrich Heine, *Belsazar*)

Reimformen

→ Binnenreim
Reimwörter innerhalb einer Verszeile
Beispiel:
„Vom Himmel kommt es,
Zum Himmel steigt es,
Und wieder nieder
Zur Erde muss es
Ewig wechselnd.“
(Johann Wolfgang von Goethe, *Gesang der Geister über den Wassern*)

→ **Kreuzreim**

abab

Beispiel:

„Ich vant âne huote
die vil minneclîchen eine stân.
sâ dô sprach diu guote,
‚waz welt ir sô eine her gegân?'"
(Albrecht von Johansdorf, *Ich vant âne huote*)

→ **Paarreim**

aabb

Beispiel:

„Nur oben in des Königs Schloss,
Da flackert's, da lärmt des Königs Tross."
Dort oben in dem Königssaal,
Belsazar hielt sein Königsmahl."
(Heinrich Heine, *Belsazar*)

→ **Reiner Reim**

Reimsilben zweier oder mehrerer Verse sind vom letzten betonten Vokal an vollkommen identisch.

Beispiel:

„verw**esen**", „erl**esen**"

→ **Schweifreim**

aabccb

Beispiel:

„Als mitten in dem Feld mich / HErr / der Todt ergriff /
Der hinter mir in Sturm / vor mir in Flammen lieff /
Vor mir die Bahn verfällt / und über mir die Hütten
In leichte Splitter stieß. Doch lebt ich / HErr / durch dich /
Mir selber war ich todt / dein Engel wacht um mich /
Stets neu gebohren wird / den GOtt wil stets begütten."
(Andreas Gryphius, *Auf das grausame Ungewitter*)

→ **Umschließender/umarmender Reim**
abba
Beispiel:
„Sooft der Mond mag scheinen,
Gedenk' ich dein allein,
Mein Herz ist klar und rein,
Gott wolle uns vereinen!"
(Clemens Brentano, *Der Spinnerin Lied*)

→ **Unreiner Reim**
Reimsilben zweier Verse sind ähnlich, aber nicht identisch.
Beispiel: „spannte" / „Lande"

Rhetorische Fragen
Uneigentliche Fragen, die Zustimmung oder Ablehnung implizieren.
Beispiel:
„Ist damit nicht alles in bester Ordnung?"

Rhythmus (zu griech. „fließen")
Harmonische Sprachbewegung, die aus dem Metrum und der dem natürlichen Sinn folgenden Betonung resultiert.

Satire (lat. „Fruchtschale")
Keine Gattung, sondern eine Haltung, die mit allen literarischen Gattungen eine Verbindung eingehen kann. Kennzeichen: spöttische Haltung, die indirekt kritisiert und dadurch eine Verbesserung der Zustände erreichen will.
Beispiel:
„Einst haben die Kerls auf den Bäumen gehockt,
behaart und mit böser Visage.
Dann hat man sie aus dem Urwald gelockt
Und die Welt asphaltiert und aufgestockt,
bis zur dreißigsten Etage.

Da saßen sie nun, den Flöhen entflohn,
in zentralgeheizten Räumen.
Da sitzen sie nun am Telefon
Und es herrscht noch genau derselbe Ton
Wie seinerzeit auf den Bäumen."
(Erich Kästner, *Die Entwicklung der Menschheit*)

Schweifreim

→ Reimformen

Senkung

Unbetonte Silbe im Gegensatz zur betonten Silbe (→ Hebung). Kennzeichnung z. B. mit „∪".

Simultanismus, Simultantechnik

Moderne literarische Technik zur Erfassung der Gleichzeitigkeit verschiedener Ereignisse, z. B. durch → Montage oder Collage; Hinweis auf die Vielgestaltigkeit der Welt (vgl. Jakob van Hoddis Weltende), zeigt einen Querschnitt der Wirklichkeit.

Beispiel: Alfred Döblin, *Berlin Alexanderplatz*

Sinnbild

Deutsches Wort für → Symbol bzw. Emblem

Sonett (zu ital. „Ton", „Klang")

Streng aufgebaute Gedichtform, bestehend aus zwei Quartetten und zwei Terzetten, inhaltlich wird oft subjektiv Erlebtes gedanklich objektiviert.

Beispiel: Andreas Gryphius, *Thränen in schwerer Krankheit. Anno 1640*

Stabreim

→ Alliteration

Stil (lat. „Griffel")

Besondere Eigenart einer künstlerischen Darstellungs- und Ausdrucksweise.

Strophe (griech. „Wendung")
Verbindung mehrerer Verse zu einer Sinneinheit als (auch optisches) Gliederungselement eines Gedichtes.
Beispiel:
„Zum Frühstück Meister Nikolas;
Die junge Hausfrau schenkt' ihm ein,
Es war im heitern Sonnenschein. –
Die Sonne bringt es an den Tag.

Die Sonne blinkt von der Schale Rand,
Malt zitternde Kringeln an die Wand;
Und wie den Schein er ins Auge fasst,
So spricht er für sich, indem er erblasst:
‚Du bringst es doch nicht an den Tag.'"
(Adalbert von Chamisso, *Die Sonne bringt es an den Tag*)

Superlativ (lat. „überragend")
Höchststufe bei der Komparation des Adjektivs.
Beispiel: „die einsamsten Lebewesen"

Symbol (griech. „Kennzeichen", „Merkmal")
Konkretes Zeichen, das auf abstrakten Inhalt hindeutet, das Bild vertritt die gemeinte Sache. Vgl. → Farbsymbol.
Beispiel: Herz als Symbol für Liebe

Synästhesie (aus griech. „zusammen" + „Wahrnehmung")
Vermischung verschiedener Sinneswahrnehmungen.
Beispiel:
„Betäubt kehr' ich den Blick nach oben hin,
zum Himmel auf – da lächeln alle Sterne;
ich kniee, ihrem Lichtgesang zu lauschen."
(Eduard Mörike, *An die Geliebte*)

Synekdoche (griech. „andeutend“, „Mitverstehen“)
Engerer Begriff steht für weiteren Begriff, ein Teil steht für das Ganze (→ pars pro toto).
Beispiel: „der Mensch“ für „die Menschheit“

Takt
→ Metrum

Terzett
Strophe in drei Versen.

Trias (griech.-lat. „Dreiheit“)
Drei-Wort-Häufung.
Beispiel:
„schön besudelt mit Strafzetteln, / Schweiß, atomarem Dreck“
(Hans Magnus Enzensberger, *Bildzeitung*)

Trochäus (griech. „laufen“)
Zweisilbiger Versfuß (→ Metrum), der aus einer langen (betonten) und einer kurzen (unbetonten) Silbe besteht
Beispiel: „Mauer“ (–◡), „Leben“ (–◡)

Umgangssprachliche Wendungen
Worte aus der gesprochenen Sprache.
Beispiel:
„Fällt hin der Mann. Steht auf / Kriegt Fresse voll. Ein Fotograf macht Geld / Mit seinem Blut. (...)“
(Rolf Haufs, *Jeden Tag*)

Umschließender/umarmender Reim
→ Reimformen

Unreiner Reim
→ Reimformen

Verbalstil
Art des Schreibens, bei der zahlreiche bedeutungstragende Verben vorkommen. Gegensatz: Nominalstil.

Beispiel:
„Drüben versinkt dir die Geliebte im Sand,
er steigt um ihr wehendes Haar,
er fällt ihr ins Wort,
er befiehlt ihr zu schweigen,
er findet sie sterblich
und willig dem Abschied
nach jeder Umarmung.
Sieh dich nicht um."
(Ingeborg Bachmann, *Die gestundete Zeit*)

Vergleich

Verbindung zweier Bereiche mittels eines Vergleichspunkts („tertium comparationis"), zumeist mit dem Vergleichswort „wie", konstitutiv sind Vergleichspartikel.
Beispiel: „Er ist so stark wie ein Löwe."

Vers (lat. „Reihe", „Zeile", „Umwendung")

Gegliederte, poetisch gestaltete Wortfolge (Gegensatz: Prosa).

Beispiel:
„Gemächlich in der Werkstatt saß
Zum Frühstück Meister Nikolas;
Die junge Hausfrau schenkt' ihm ein,
Es war im heitern Sonnenschein. –
Die Sonne bringt es an den Tag."
(Adalbert Chamisso, *Die Sonne bringt es an den Tag*)

Versfuß

→ Metrum

Versmaß

→ Metrum

Wiederholung

Begriffe oder ganze Sätze werden wortgleich mehrfach verwendet.

Beispiel:

„**Ich** schreibe ein Gedicht.
Ich veranstalte eine Expedition.
Ich mache mich davon aus Antwort und Beweis."
(Wolfgang Weyrauch, *Mein Gedicht*)

Zäsur (lat. „Einschnitt")

Regelmäßig wiederkehrende Pause innerhalb eines Verses, durch die der Versfuß getrennt wird.

Beispiel:

„Mir ist ich weiß nicht wie / ich seuffze für und für.
Ich weyne Tag und Nacht / ich sitz in tausend Schmertzen"
(Andreas Gryphius, *Thränen in schwerer Krankheit*)

LITERATUR

Primärtexte:

Becher, Johannes R.: *An Berlin*. In: Martin Reso (Hrsg.): Expressionismus Lyrik. Berlin (Ost), Weimar: Aufbau, 1969, S. 487 f.

Becher, Johannes R.: *Eingang*. In: Martin Reso (Hrsg.): Expressionismus Lyrik. Berlin (Ost), Weimar: Aufbau, 1969, S. 459.

Benn, Gottfried: *Ein Trupp hergelaufener Söhne schrie*. In: Gottfried Benn: Gesammelte Werke in vier Bänden. Hrsg. v. Dieter Wellershoff. Bd. 3: Gedichte. Wiesbaden: Limes, 1960, S. 378 f.

Benn, Gottfried: *Mann und Frau gehn durch die Krebsbaracke* In: Kurt Pinthus (Hrsg.): Menschheitsdämmerung. Ein Dokument des Expressionismus. Hamburg: Rowohlt, 34. Aufl., rev. Ausg. m. wesentl. erw. bio-bibliogr. Anh. 2006, S. 96.

Benn, Gottfried: *Morgue I. Kleine Aster*. In: Kurt Pinthus (Hrsg.): Menschheitsdämmerung. Ein Dokument des Expressionismus. Hamburg: Rowohlt, 34. Aufl., rev. Ausg. m. wesentl. erw. bio-bibliogr. Anh. 2006, S. 52 f.

Benn, Gottfried: *Reisen*. In: Gottfried Benn: Gedichte. Auswahl und Nachwort von Christoph Pereis. Stuttgart: Reclam, 1997, S. 124.

Brinkmann, Rolf Dieter: *Gedicht*. In: Westwärts 1 & 2. Gedichte. Erweiterte Neuausgabe. Reinbek: Rowohlt, 2005, S. 61.

Ehrenstein, Albert: *Gottes Tod*. In: Martin Reso (Hrsg.): Expressionismus Lyrik. Berlin (Ost), Weimar: Aufbau, 1969, S. 80.

Hatvani, Paul: *Versuch über den Expressionismus*. In: Otto F. Best (Hrsg.): Theorie des Expressionismus. Stuttgart: Reclam 2004, S. 68–72 (Reclams Universal-Bibliothek Nr. 9817).

Heym, Georg: *Der Krieg*. In: Georg Heym: Dichtungen und Schriften. Gesamtausgabe, Bd. 1: Lyrik. Hrsg. v. Karl Ludwig Schneider. Hamburg, München: Ellermann, 1964, S. 346 f.

Heym, Georg: *Die Stadt*. In: Georg Heym: Dichtungen und Schriften. Gesamtausgabe, Bd. 1: Lyrik. Hrsg. v. Karl Ludwig Schneider. Hamburg, München: Ellermann, 1964, S. 452.

Heym, Georg: *Die Vorstadt*. In: Dietrich Bode (Hrsg.): Gedichte des Expressionismus. Stuttgart: Reclam, 2001, S. 55 f. (Reclams Universal-Bibliothek Nr. 8726).

Hoddis, Jakob van: *Weltende*. In: Kurt Pinthus (Hrsg.): Menschheitsdämmerung. Ein Dokument des Expressionismus. Hamburg: Rowohlt, 34. Aufl., rev. Ausg. m. wesentl. erw. bio-bibliogr. Anh. 2006, S. 39.

Huelsenbeck, Richard: *Capriccio*. In: Franz Pfemert (Hrsg.): Die Aktion. Wochenschrift für Politik, Literatur und Kunst. 1911–1918. Auswahl von Thomas Rietzschel. Köln: Dumont, 1987, S. 585.

Kästner, Erich: *Sachliche Romanze*. In: Erich Kästner: Zeitgenossen, haufenweise. Werke, Bd. 1. Hrsg. von Harald Hartung. München, Wien: Hanser, 1998, S. 65.

Lasker-Schüler, Else: *Heimweh*. In: Else Lasker-Schüler: Gedichte 1902–1943. Hrsg. v. Friedhelm Kemp. München: dtv, 1986, S. 166.

Lasker-Schüler, Else: *Mein blaues Klavier*. In: Else Lasker-Schüler: Gedichte 1902–1943. Hrsg. v. Friedhelm Kemp. München: dtv, 1986, S. 335.

Lasker-Schüler, Else: *Weltende*. In: Else Lasker-Schüler: Gedichte 1902–1943. Hrsg. v. Friedhelm Kemp. München: dtv, 1986, S. 147.

Lichtenstein, Alfred: *Abschied*. In: Martin Reso (Hrsg.): Expressionismus Lyrik. Berlin (Ost), Weimar: Aufbau, 1969, S. 364.

Lichtenstein, Alfred: *Die Fahrt nach der Irrenanstalt II*. In: Dietrich Bode (Hrsg.): Gedichte des Expressionismus. Stuttgart: Reclam, 2001, S. 71 f. (Reclams Universal-Bibliothek Nr. 8726).

Lichtenstein, Alfred: *Nebel*. In: Kurt Pinthus (Hrsg.): Menschheitsdämmerung. Ein Dokument des Expressionismus. Hamburg: Rowohlt, 34. Aufl., rev. Ausg. m. wesentl. erw. bio-bibliogr. Anh. 2006, S. 59.

Pinthus, Kurt: *Zuvor*. In: Kurt Pinthus (Hrsg.): Menschheitsdämmerung. Ein Dokument des Expressionismus. Hamburg: Rowohlt, 34. Aufl., rev. Ausg. m. wesentl. erw. bio-bibliogr. Anh. 2006, S. 22–32.

Schreyer, Lothar: *Expressionistische Dichtung*. In: Otto F. Best (Hrsg.): Theorie des Expressionismus. Stuttgart: Reclam 2004, S. 170–181 (Reclams Universal-Bibliothek Nr. 9817).

Stadler, Ernst: *Fahrt über die Kölner Rheinbrücke bei Nacht*. In: Kurt Pinthus (Hrsg.): Menschheitsdämmerung. Ein Dokument des Expressionismus. Hamburg: Rowohlt, 34. Aufl., rev. Ausg. m. wesentl. erw. bio-bibliogr. Anh. 2006, S. 179.

Stadler, Ernst: *Form ist Wollust*. In: Kurt Pinthus (Hrsg.): Menschheitsdämmerung. Ein Dokument des Expressionismus. Hamburg: Rowohlt, 34. Aufl., rev. Ausg. m. wesentl. erw. bio-bibliogr. Anh. 2006, S. 312.

Stadler, Ernst: *Sterben*. In: Die Aktion 4. Jg. (1914), Nr. 46/47 v. 21. 11. 1914, Sp. 872.

Stadler, Ernst: *Vorfrühling*. In: Kurt Pinthus (Hrsg.): Menschheitsdämmerung. Ein Dokument des Expressionismus. Hamburg: Rowohlt, 34. Aufl., rev. Ausg. m. wesentl. erw. bio-bibliogr. Anh. 2006, S. 165.

Stramm, August: *Trieb*. In: August Stramm: Das Werk. Hrsg. v. René Radrizzani. Wiesbaden: Limes Verlag, 1963, S. 34.

Stramm, August: *Untreu*. In: Kurt Pinthus (Hrsg.): Menschheitsdämmerung. Ein Dokument des Expressionismus. Hamburg: Rowohlt, 34. Aufl., rev. Ausg. m. wesentl. erw. bio-bibliogr. Anh. 2006, S. 61.

Toller, Ernst: *Mütter*. In: Martin Reso (Hrsg.): Expressionismus Lyrik. Berlin (Ost), Weimar: Aufbau, 1969, S. 479.

Trakl, Georg: *Grodek (2. Fassung)*. In: Walter Killy, Hans Szklenar (Hrsg): Dichtungen und Briefe. Bd. 1. Salzburg: Otto Müller, 2. Aufl. 1987, S. 167.

Trakl, Georg: *In ein altes Stammbuch*. In: Walter Killy, Hans Szklenar (Hrsg): Dichtungen und Briefe. Bd. 1. Salzburg: Otto Müller, 2. Aufl. 1987, S. 40.

Trakl, Georg: *Verfall*. In: Walter Killy, Hans Szklenar (Hrsg): Dichtungen und Briefe. Bd. 1. Salzburg: Otto Müller, 2. Aufl. 1987, S. 59.

Werfel, Franz: *Revolutions-Aufruf*. In: Kurt Pinthus (Hrsg.): Menschheitsdämmerung. Ein Dokument des Expressionismus. Hamburg: Rowohlt, 34. Aufl., rev. Ausg. m. wesentl. erw. bio-bibliogr. Anh. 2006, S. 252 f.

Werfel, Franz: *Sterbender im Verbrecherlazarett*. In: Martin Reso (Hrsg.): Expressionismus Lyrik. Berlin (Ost), Weimar: Aufbau, 1969, S. 317 f.

Sekundärliteratur:

Anz, Thomas: *Literatur des Expressionismus.* Stuttgart, Weimar: Metzler, 2002.

Best, Otto F. (Hrsg.): *Expressionismus und Dadaismus.* Stuttgart: Reclam, bibl. erg. Ausg. 2006 (Die deutsche Literatur, Bd. 14, Reclams Universal-Bibliothek Nr. 9653).

Best, Otto F. (Hrsg.): *Theorie des Expressionismus*. Stuttgart: Reclam, 2004 (Reclams Universal-Bibliothek Nr. 9817).

Giese, Peter Christian: *Interpretationshilfen Lyrik des Expressionismus*. Stuttgart, Düsseldorf, Leipzig: Klett, 4. Aufl. [Nachdruck] 2003.

Große, Wilhelm: *Literaturwissen Expressionismus*. Stuttgart: Reclam, 2007 (Reclams Universal-Bibliothek Nr. 15229).

Hartung, Harald (Hrsg.): *Vom Naturalismus bis zur Jahrhundertmitte*. Stuttgart: Reclam, 2006 (Gedichte und Interpretationen, Bd. 5, Reclams Universal-Bibliothek Nr. 7894).

Kanz, Christine: *Die literarische Moderne (1890–1920)*. In: Wolfgang Beutin u. a. (Hrsg.): Deutsche Literaturgeschichte. Von den Anfängen bis zur Gegenwart. Stuttgart, Weimar: Metzler, 6., verb. u. erw. Aufl. 2001, S. 342–386.

Meurer, Reinhard: *Gedichte des Expressionismus. Interpretationen*. München: Oldenbourg, 2002 (Oldenbourg-Interpretationen, Bd. 15).

Reso, Martin (Hrsg.): Expressionismus Lyrik. Berlin (Ost), Weimar: Aufbau, 1969.

Steffen, Hans (Hrsg.): *Der deutsche Expressionismus. Formen und Gestalten.* Göttingen: Vandenhoeck & Ruprecht, 2. durchges. Aufl. 1970.